边陲鬼屋

THE HOUSE ON THE BORDERLAND

〔英〕威廉·霍奇森 著

董明志 秦闻佳 译　　吴建国 校

人民文学出版社
PEOPLE'S LITERATURE PUBLISHING HOUSE

William Hope Hodgson
The House on the Borderland
_____

Copyright © 1908 by William Hope Hodgson
Simplified Chinese edition copyright © 2016
by Shanghai 99 Readers' Culture Co., Ltd.
All rights reserved.

图书在版编目(CIP)数据

边陲鬼屋/(英)威廉·霍奇森著;董明志,秦闻佳译.—北京:人民文学出版社,2016
（域外聊斋）
ISBN 978-7-02-011731-4

Ⅰ.①边… Ⅱ.①威… ②董… ③秦… Ⅲ.①长篇小说-英国-现代 Ⅳ.①I561.45

中国版本图书馆 CIP 数据核字(2016)第 127787 号

责任编辑：卜艳冰
特约策划：邱小群　骆玉龙
封面插画：杨　猛
封面设计：高静芳

出版发行　人民文学出版社
社　　址　北京市朝内大街 166 号
邮政编码　100705
网　　址　http://www.rw-cn.com

印　　刷　山东德州新华印务有限责任公司
经　　销　全国新华书店等

开　　本　890 毫米×1240 毫米　1/32
印　　张　3.875
字　　数　116 千字
版　　次　2016 年 11 月北京第 1 版
印　　次　2016 年 11 月第 1 次印刷

书　　号　978-7-02-011731-4
定　　价　22.00 元

如有印装质量问题,请与本社图书销售中心调换。电话:010-65233595

致我的父亲
（他的足迹踏在遗失的亘古之中）
把门打开，
且听！
只有风低沉的呼啸，
还有月亮旁
闪烁的泪光。
隐约中，
那双消失的鞋子踏过的足迹
与亡灵一起在黑夜之中渐行渐远。

"嘘！且听
那悲伤的哭泣
来自黑夜的风。
嘘，且听，不要低语，不要叹息，
听那足音踏在遗失的亘古：
那声音把你带向死亡。
嘘，且听！嘘，且听！"
亡灵的足音

目 录

作者关于这份手稿的介绍 ………………………………… 1
第一章　手稿的发现 ……………………………………… 1
第二章　寂静的平原 ……………………………………… 9
第三章　竞技场里的房子 ………………………………… 13
第四章　地球 ……………………………………………… 18
第五章　前往天坑 ………………………………………… 21
第六章　一大群猪怪 ……………………………………… 26
第七章　袭击来临 ………………………………………… 33
第八章　袭击过后 ………………………………………… 37
第九章　地下室 …………………………………………… 41
第十章　悄然等待 ………………………………………… 44
第十一章　搜索花园 ……………………………………… 47
第十二章　天坑 …………………………………………… 52
第十三章　大地下室里的陷阱 …………………………… 59
第十四章　睡海 …………………………………………… 62
第十五章　黑夜里的声音 ………………………………… 65
第十六章　觉醒 …………………………………………… 72
第十七章　循环放缓 ……………………………………… 76
第十八章　绿色星球 ……………………………………… 80
第十九章　太阳系的终结 ………………………………… 85
第二十章　天体 …………………………………………… 88
第二十一章　黑暗的太阳 ………………………………… 91
第二十二章　黑暗星云 …………………………………… 95
第二十三章　佩珀 ………………………………………… 99
第二十四章　花园里的足音 ……………………………… 100
第二十五章　藏匿竞技场的猪怪 ………………………… 103
第二十六章　发光点 ……………………………………… 109
第二十七章　尾声 ………………………………………… 111

作者关于这份手稿的介绍

  对于以下章节所展开的故事我思索良久。直觉告诉我，就是呈现笔记到我手里的样子，相信这一点不足为奇。

  而这份手稿本身——你可以想象得到，当它最初交由我保管的时候，我有多么好奇。我把它翻了过来，迅速做了番检查，发现书并不大，但是厚实，除了最后几页，其余地方写满了古怪的笔记，字迹密密麻麻清晰可辨。即使现在在写字，鼻子里还能闻到一阵阵古怪的井水味，手指也总感到纸张长期受潮，柔软黏稠。

  我读了手稿，在阅读过程中揭晓了一些秘密——这些事情一直蒙蔽着我的心智，我决定一探究竟。一开始，对这些语句不通、断断续续的言语感到不理解，但是现在，我不再挑剔。因为比起自己的夸夸其谈，这个残缺的故事更能把事情讲清楚，而这些就是那位住在消失之屋的隐居老人竭力想要表达的故事。

  这个离奇的事件有一些说不通的解释，就不多发表评论了。故事都在你们眼前。到底发生了什么，需要每个读者根据各自的能力和欲望来亲自发现。即使有人不能像我现在这样看到所谓的天堂和地狱的轮廓，或者不能理解它们的意义，我还是能保证有很多惊悚的地方，且当作故事来读吧。

威廉·贺普·霍奇森
1907 年 12 月 17 日

第一章

手稿的发现

爱尔兰的西部有一座叫克莱顿[1]的小村落，孤零零地坐落于小山脚下。方圆数里开外是一个闭塞的荒凉乡镇，时不时能看到几户破败的农舍，只是长年无人居住，光秃秃的屋顶上连覆盖的茅草都没有。这里土地贫瘠，人迹罕至，起伏的山脊上乱石丛生，薄薄的一层泥土勉强把底下的岩石遮住。

尽管这地方前不着村后不着店，我和我的朋友托尼森还是决定在这里度假。去年，他参加了一个徒步旅行，碰巧发现这个地方，他还发现小村外有一条无名小河，可以尝试到那里钓鱼。

我说过，这条河没有名字，但是我还要补充一点，迄今为止我还没有在哪一张地图上找到过这个村落和这条溪流。它们似乎完全脱离了人们的视线——真的，也许它们根本不存在，因为一般的导游都是这么说的。其原因之一是由于这里距离最近的阿德兰[2]火车站也有四十英里。

在一个温暖的傍晚，我和朋友到达克莱顿村。我们头一天夜里已经到了阿德兰，晚上，我们睡在邮局几间出租屋里，次日清晨，又乘着当地马车摇摇晃晃地出发了。

我们花了整整一天才到达目的地，其中的艰难可想而知，最后我们累得筋疲力尽，好心情一点都没有了。尽管如此，我们还是必须先支起

---

[1] 作者虚构的地名。——译注
[2] 爱尔兰戈尔韦的一个村庄。作者早期跟随父亲居住在戈尔韦，因此以该村庄为蓝本。——译注

帐篷，把食物放好，才能考虑吃饭休息。我们随即动起手来。很快，在司机的帮助下，我们挨着河流，在村外的一小块空地上搭起帐篷。

安置好随身物品，我们就把司机打发走了，因为他要尽快回去，两周后再来。我们也带够了这段时间需要的粮食，水可以从一旁小河里取。我们随身还配备了一个小油炉，所以燃料也不需要了。除此之外，老天爷也很帮忙。

托尼森要野营，不愿意住农舍。用他的话来说，和一大家子人住在一起可不是闹着玩的事，可能这头住着活蹦乱跳的爱尔兰人，而那一头就是猪圈，头上还有破烂的鸟窝，不管你是谁它都会掉一点鸟粪下来。整个地方到处都能闻到泥炭[1]的烟味，动一动就能让人拼命打喷嚏。

一会儿，托尼森就把炉子点上了，然后又忙着把培根切成片放到平底锅里煎，而我提着水壶到河边取水。途中，我路过一小群村民居住的地方，他们好奇地打量着我，但是没有显示出不友好，也没有人开口说话。

我提着水壶原路返回，然后向他们走去。我先是朝他们友好地点点头，他们也朝我点点头，然后就随口提到钓鱼的事，但是，他们没有回答，只是默默地摇了摇头，面面相觑。转而，我又向身边一个高个子男人重复了一遍问题，但是，还是没有得到答案。只见他转身和别人说起话来，语速飞快，我一个字也听不懂，猜想他们可能是在用纯爱尔兰语交谈。突然，这群人热闹起来，他们一边讨论一边瞥向我。一番过后，那位高个儿对我说了几句话。从他的表情来看，我猜，他是在向我提问，但是此刻我不得不摇头，并且表示不懂他们的问题。结果我们站在那里，你看看我我看看你，直到托尼森叫我快点拎着水壶回去。我朝他们笑着点了点头然后走了，他们也都冲我笑笑，点了点头，可是他们的脸上写满了疑惑，这一点是藏不住的。

我边走边想，这里的村民住在茅草屋里身处荒野之中，显然一点都不懂英语。我告诉托尼森的时候，他说他知道这个情况，而且在这里一点儿都不稀奇，村民们通常生老病死一辈子都待在这与世隔绝的村庄

---

[1] 泥炭又称草炭或称泥煤。它是古代沼泽环境特有的产物，是在多水缺少空气的条件下，死亡后的松软的有机堆积层，其二氧化碳排放量比炭和天然气都要高。——译注

里，从来不和外面的世界接触。

"真希望我们的司机能够先给我们当翻译，然后再走。"我一边说着一边坐下准备吃饭，"这里的人连我们来这里做什么都不知道，一定觉得很奇怪。"

托尼森"哼"了一声表示同意，然后就没做声。

酒足饭饱后我们开始商量第二天的行程计划，接着我们抽了一会儿烟，然后拉起帐篷的帘子，准备睡觉。

钻进毛毯的时候，我问："帐篷外的那些人应该不会拿我们的东西吧？"

托尼森说他觉得不会，至少我们还在这附近的时候不会，然后他继续解释道，除了帐篷，我们可以把东西都锁在放食物的大箱子里。我同意这个做法，然后我们都睡着了。

第二天清晨，我们起床后到河里游泳，游泳结束后我们穿好衣服吃了早饭，然后拿出钓鱼用的工具，仔细做了一番检查。我们把帐篷里的一切东西安放就绪后，朝着托尼森上一次旅行的探索方向大步迈进。

我们钓鱼钓得很尽兴，一点点沿着上游走，到了晚上，我们钓到了一篮子鱼，这是这么长时间以来钓到最好的鱼。回到村庄，我们把一天的战利品做成一顿美餐，然后我们选了几条比较好的鱼留作第二天的早餐，其余的分给聚集在远处看着我们一举一动的村民们。他们看上去非常感激我们，我猜想他们说了很多爱尔兰语赞美的话。

就这样我们度过了好几天，玩了些运动，打猎，然后把猎物做成美食犒劳自己。我们愉快地发现这里的村民十分友好，没有迹象表明他们想要趁我们不在的时候乱动我们的物品。

我们是星期二来到克莱顿的，就在那个星期天我们有了一个重大发现。到现在为止，我们一直是沿溪流向上走。但是那天，我们没有带上鱼竿，而是带了一些粮食，朝着相反方向慢悠悠地走了好久。那天天气温暖，我们不紧不慢地徒步走了很长一段时间，中午，我们在河岸边一块巨大的平石旁停了下来吃午饭。然后，坐下来抽了一会儿烟，休息够了才重新出发。

大概又闲逛了一个小时，一路上低声细语，东拉西扯，闲庭漫步，有时也停下来，让这位艺术家朋友为这儿的自然美景画上几笔素描。

然而，突然之间，没有任何征兆，之前追寻着的河流断了，消失在泥土里。

"天呐！"我说，"谁能够想到会是这样？"

我目瞪口呆地看着眼前这一切，然后转身看了看托尼森。他面无表情地看着河流消逝的地方。

过了一会儿他说话了。

"我们再往前走一点，河流可能又会出现——不管怎样，它都值得我们去看个究竟。"

我同意了，于是，尽管我们毫无头绪，但是又一次出发了，我们也不确定应该朝哪个方向继续探寻。大概又摸索了一英里，然后，一路上不停打量四周的托尼森停了下来，用手挡住了眼睛。

"看哪！"他说，过了一会儿接着说道，"那儿是雾还是什么东西，就是那儿——顺着巨石，和它一个方向看过去。"他用手指了指那个方向。

我盯着那里看了好一会儿，好像看到了什么，但是不能确定，就把这个情况告诉了托尼森。

他说："没关系，我们就走过去看一看。"于是我跟着他，顺着那个方向走去。我们花了些时间才走出了灌木丛，这时，我们来到了高高的钟乳石堤岸，从上往下望去，是一大片灌木丛和树林。

"看来我们走进了石海中的绿洲。"托尼森饶有兴致地凝视着眼前的场景，小声说。然后他不做声了，两眼目不转睛，我也和他一样，因为我们看到在树林的低地中央有一股巨大的水汽升起来，好像雾一般，在太阳照耀下出现无数彩虹。

"太美了！"我惊呼道。

"是的，"托尼森若有所思地说道，"这里肯定有一个瀑布或者类似的东西。或者，我们追踪的河流又出现了。我们去瞧一瞧。"

我们顺着斜岸向下走，走进了一片树林和灌木丛。灌木丛杂草丛生，而树木在我们头顶上，使这个地方阴森森的，令人害怕，但是尽管很黑，还是能看出这里有很多果树，而且时不时可以隐约发现一些古老文明的遗迹。所以在我看来，我们正穿过一个古老的大花园。我把自己的感受告诉了托尼森，他觉得很有道理，表示赞同。

这片荒野之地非常沉闷压抑，乃至阴森恐怖！然而，我们越往前走，越觉得眼前是一座孤独寂静、被人遗弃的古老花园，我打了一个冷颤。人们会想象出一些东西潜藏在这个杂草丛生的灌木丛中，这个地方的气氛看似有些不寻常。我觉得托尼森虽然一言不发，但是他也一定注意到了这一点。

突然，大家都停下了脚步。树林的那一边好像传来一阵遥远的声音。托尼森弯下身，仔细倾听。此刻我听得更加清晰，一种尖厉的声音，不绝于耳——低沉的咆哮声从很远的地方传来。我觉得很奇怪，有一丝说不出的紧张感。我们究竟进入了一个什么样的地方？我看着同伴，想看看他对我们的处境有什么看法，但是我发现他的脸上只有疑惑。我注意着他的一举一动，他的脸上出现了理解的表情，然后点了点头。

"那是一个瀑布，"他十分确信地喊道，"我现在知道这是什么声音了。"然后他开始顺着声音的方向，兴致勃勃地穿过灌木丛。

走着走着，声音变得愈发清晰，这表明我们正朝着声源走去。慢慢地，咆哮声变得更加响亮，离声音越来越近，直到瀑布出现在我们眼前——正如之前对托尼森说的那样，好像就在脚底下——而我们仍然置身于树林和灌木丛中。

"小心！"托尼森对我喊道，"注意你的前方。"突然，我们走出了树林，来到一大片空旷的地方，面前不到六步的距离，有一个硕大无比的裂口张着大嘴，从裂口深处传来声响，而眼前正是我们从远处堤岸上方看到的连绵不绝的雾气。

有好一会儿，我们站在那里，一言不发，疑惑地注视着眼前的景象。然后，我的朋友小心翼翼地挪到深渊边缘。我跟着他过去，一起向下望去，蒸腾的水汽下是一个巨大的瀑布，从裂口两侧，大约百尺之下，喷涌出泡沫般的泉水。

"天呐！"托尼森说。

我沉默不语却惊恐万分。想都没有想到，这番景象如此壮观却又诡异。随后，我更多惊讶于这里的诡异之处。

此刻，我抬起头，看到裂口较远的那一边，有东西漂浮在水汽上面——看起来像一大片废墟的一小部分，于是我碰了碰托尼森的肩膀。

他吓了一跳，回过头来，我指给他看那样东西。顺着我的手指望去，当那东西进入他的眼帘，只见他眼眸一亮，闪过一丝兴奋之情。

他大声叫道："来呀，我们一起去看看。"我从骨子里觉得这个地方有些异样。只见他动身走向那个开口如碗状般的深渊。靠近这个新奇东西的时候，一看，果不其然，完全契合我的第一印象。这毫无疑问是建筑残垣的一部分。但是这时我发现，和设想的有些不同，这并不是建造在裂口的边缘，而是矗立在一块巨石末端，延伸出深渊大概五六十英尺。事实上，这堆乱石简直是悬在半空。

我们来到对面，走到岩石伸出去的部分，必须承认，从高处往下看时——只见瀑布发出滚滚的轰鸣声，伴随着一层层升起的雾气，这不知名的深渊让我觉得天旋地转，我惊恐万分。

来到废墟堆前，我们小心翼翼地绕着它往上爬，在另外一边看到大量掉落下来的石块和瓦砾。我仔细地检查了一番，发现这里应该是一幢大楼的外墙，而这幢楼又厚又结实。但是为什么会在这个地方，就不得而知了。房子的其他部分会在哪里呢？抑或曾经是一座城堡或者其他建筑？

我来到墙的外侧，然后又走近裂口边缘，留托尼森一个人仔细地排查外面的石头和瓦砾堆。随即我开始检查地面，在深渊的边缘附近看看是否还能找到楼宇的其他部分，和这个残破的地方一样明显属于这幢大楼。可是尽管我找得够仔细了，仍然没能找到任何痕迹表明这里以前有大楼拔地而起，我感到越来越疑惑。

这时，只听托尼森大叫一声，他兴奋地呼喊我的名字，我立马沿着崎岖的边缘向废墟跑去。我在想他是不是受伤了，然后又预感他也许有了发现。

我跑过去，爬上倒塌的墙。在那里我看到托尼森站在一个他从废墟中挖掘出来的小洞里。他正在给一本好像书的东西掸灰，书显然又破又皱。他张大着嘴，不时地呼喊我的名字。他一看见我过去，就把他的宝贝递给我，告诉我要放到背包里，防止受潮，然后他又继续搜寻。我照他的吩咐做了，但是，当书本掠过我的手指，我注意到，书上写满了整齐的老式字体，字迹清晰可辨，除了有一个部分，损坏了几页，看上去又脏又皱，仿佛书本在这一个部分来回翻折过一样。我发现托尼森给我这本笔记的时候这几页就坏了，可能是因为倒塌的石屋正好压在了打开的那几页上。奇怪的是，这本书极其干燥，我认为这是因为书被埋得太好了。

把书安放好之后，我帮着托尼森一起全身心投入挖掘工作。但是，我们花了一个多小时努力挖掘，翻遍整个石堆和瓦砾堆，最终除了一些破木头的碎片，一无所获，这些木片可能是一张桌子的一部分。所以我们不再搜寻，我们沿着岩石折返，直到再次踏上安全的土地。

接下来我们绕着这个裂口完整地走了一圈，这时发现除了有废墟的石头一端尖尖地伸出去，破坏了裂口的对称性之外，这个裂口几乎是一个完美的圆圈。

而这个深渊，正如托尼森所说，像一口巨大的井，或者是天坑，直达地球最深处。

过了许久，我们惊讶地看着周围这一切，突然注意到裂口往南有一片空地，于是我们顺着那个方向走去。

大概走到距离天坑边缘几百码的地方，我们看到一个巨大的湖泊，湖面十分平静，但有一个地方一直汩汩地冒着水泡。

现在，远离了喷涌的声响，我们能够听见彼此讲话的声音，再也不用大声尖叫，我问托尼森对这个地方有什么感觉，我说我不喜欢，希望尽早离开。

他点了点头作为回答，然后偷偷地瞥了一眼后面的森林。我问他是不是看到或者听到了什么。他默不作声，只是静静地站着，好像在倾听什么，这一次我也不说话了。

突然，他开口说话。

"听！"他尖叫道。我看了看他，然后看了看远处的树林和灌木丛，不自觉地屏住了呼吸。我们紧张得不敢说话。沉默了好一会儿，但是我什么都没有听到，然后我转身想告诉托尼森。然而，就在我想要开口讲话时，左边的森林里传来一阵奇怪的哭声，好像飘浮在树林中间，搅得树叶沙沙作响，然后又没有了。

突然，托尼森把手放在我肩膀上说："我们离开这里吧。"然后我们慢慢走向树林和灌木林最稀少的地方。我跟在他身后，突然发现夕阳已经西沉，空气中透着一股摄人魂魄的凉意。

托尼森后来再也没说什么，只是不停地走。我们还在树林之中。我紧张地看着四周围的动静，但是除了形状怪异的树枝、树干还有杂乱的灌木丛，什么都没有发现。我们继续往前走，偶尔脚下踩断了树枝的声音以外，没有任何声音打破途中的这片寂静。然而，除了安静，我感到害怕，因为我觉得有东西跟着我们。于是我紧跟着托尼森，甚至有两次踢到了他的膝盖，他都一声不吭。时间一分一秒过去，我们走出了树林，又看到了乡间光秃秃的岩石。直到这时，我才甩掉在树林里跟了我一路的恐惧感。

记得途中有一次又听到远处传来呜咽的声音，我告诉自己这只是风——但是晚上并没有一丝风。

此刻，托尼森又开口了。

"你看，"他坚定地说，"就算把全世界的财富给我，我也不会在这个地方待一晚上。这里有一些危险的东西，比如妖魔鬼怪。就在你说完话，我突然想到。在我看来，这个森林到处都是邪门的东西，这一点你应该明白的。"

"是的。"我说，然后朝后面看了看刚才的地方，但是被一块高地遮住了。

"书在这里。"我一边说，一边把手伸到背包里。

"你把它放好了吗？"他突然焦虑地问起来。

"是的！"

他又说："也许，回到帐篷后应该从中了解一些信息。我们最好动作快一些，前面还有很长一段路呢，我可不想天黑困在这里。"

两个小时以后才回到帐篷。一到那里，我们就开始准备晚饭，因为从中午开始都没有再吃过东西。

吃完饭，我们把东西清理掉，点燃烟斗。然后托尼森要我把手稿拿出来。拿出来以后，发现我们两个不能同时阅读，所以他提议我大声读出来。因为知道我一贯的做法，他十分谨慎地提醒道："注意，不要跳着念。"

然而，但凡他知道书的内容，他就知道这一次他的提议是毫无意义的。坐在帐篷的外面，我们开始阅读这个边陲鬼屋的奇怪故事（因为这个就是手稿的题目），故事展开如下。

第二章

寂静的平原

"我已经老了。住在这里的一幢老宅子里,四周是一个无人打理的巨大花园。

"住在荒郊野岭另一边的农夫们都说我疯了。反正我和他们老死不相往来。我和姐姐在这里相依为命,她替我打理家务。我们没有仆人,因为我讨厌他们。我有一个朋友,是一条狗,不错,就算拿所有动物和我换,我都不要,我只要老佩珀。至少他理解我——能够察觉我心情糟糕的时候,会留我一个人静一静。

"我决定开始记日记,这样也许能够记录我憋在心里的某些想法和情感。但是,除此以外,我想记录这些年独居在这所古怪的老宅里,亲身经历的一些匪夷所思的事情。

"几百年来,这所房子的名声就不好,买下它之前,八十多年来,从未有人住过。结果,我以一个很低的价格买下了这个老宅子。

"我不迷信,但是我不再否认这个老宅子里发生的事情——无法解释的事情。所以,我必须给大脑减轻一点压力,尽最大的能力把这些事情写下来。不过,很可能在我死后别人读到我的日记时,只是摇摇头,然后更加坚信我是个疯子。

"这所房子,别提有多旧了!但是比起房子的年份,也许,它古怪的结构更加让人震惊,可以说异乎寻常至极。塔楼和屋檐四角微微弯曲,外表看起来明显像跳动的火焰,然而建筑主体是一个圆[1]。

---

[1] 晚期的哥特式建筑分为辐射状哥特式和火焰哥特式。——译注

"我听说过一个流传于民间的古老故事，它竟然说这所房子是魔鬼造的。但是，这还没有得到过证实。不管是不是真的，不得而知也不在乎，反正在我来之前替我降低了房价。

"大概住了十年光景，我才相信发生在这所房子附近的故事。千真万确，至少有十几次，隐隐约约地感觉到而不是看到一些让我疑惑不解的东西。光阴荏苒，我慢慢老去，经常感觉到一些看不见的东西出现在空荡的房间里和走廊里。不过，正如我所说，多年以后才看到所谓超自然的真实显现。

"这不是万圣节，如果是为了好玩而讲这个故事，那我应该把情景设定在那几个夜晚。但这是我个人经历的真实写照，我不会为了逗你们而写这些文字。绝对不会。那天，午夜刚过，正值1月21日清晨。我和往常一样坐在书房读书。佩珀躺在我的椅子旁睡觉。

"突然，没有任何征兆，两支蜡烛的火焰变得微弱，然后发出鬼火一样绿色的光泽。我立刻抬起头看，只见光线慢慢地变成了单调的殷红色，这样一来房间闪耀着奇怪的猩红色的微光，在桌椅背后打出两道阴影，无论光从哪里照过来，看上去都像一道鲜血溅在了房间里。

"走下楼，我听到微弱的一声嗷叫，像是受了惊吓，然后有东西钻进了我的两脚之间。原来是佩珀，正蜷缩在我的睡袍下。通常情况下，它像狮子一样勇猛。

"正是因为看到这只狗的异常举动，我开始感觉到一丝害怕。火焰一开始从绿变到红的时候着实把我吓坏了，但是有那么一刹那，感到这种变化可能是因为房间里吹进了有毒气体。不过现在我觉得不是这么一回事，因为蜡烛的火焰是稳定的，也没有快要熄灭的样子，如果是空气中的气体发生了变化，那么火焰就不会这样。

"我一动不动，感到非常害怕。但是此刻脑子里想到的最好办法就是等待。我紧张地环视着房间四周围的动静，看了好一会儿。然后注意到光线开始变暗，慢慢地，直到最后，显露出一点点红色的火焰，好像红宝石在黑暗中发出的光芒。我一直站在那里观察，同时浑身感觉像在做梦一样，把刚才害怕的劲儿一扫而光。

"在这个巨大的老宅子里，我看到有一束微光在房间远处。光线越来越亮，最后，可怕的绿色光线点亮了整个屋子。然后突然一下子，光线暗了下去，发生了变化——甚至有点像烛光——变成暗淡的猩红色，越来越深，最后变成了一片荣光，照亮整个房间。

"光亮从后墙那里传过来，然后越来越亮，直到它的光芒变得难以忍受，刺痛了双眼，我不得不闭上眼睛。过了好一会儿才睁开眼睛。我注意到的第一件事就是光芒大大地减弱了，它不再刺痛眼睛。随着光线变弱，我注意到，忽然之间面前不是一片红色，而是透过了墙，看到了另一边。

"渐渐地，我更加接受这种想法，我意识到自己正透过墙看着一片广阔的平原，平原和房间一样，闪着昏暗的微光。这片平原一望无际。根本想象不出到底有多大。平原似乎不停地扩大、向四周扩散，眼睛根本看不出任何界限。慢慢地，眼前的一部分细节变得清晰起来。突然，就在弹指一挥之间，光线消失了，眼前的景象——如果称其为景象的话——变得越来越暗，然后消失了。

"突然，我意识到自己不再坐在椅子上。相反，好像悬浮在椅子上空，下面很模糊，没有一点声音。过了一会儿，一阵寒冷的大风吹向我，我像一个泡泡那样飘了起来，穿过黑夜，飘到了夜幕下。随着移动，刺骨的寒风扑面而来，我不由得打了个哆嗦。

"过了一会，我向两边张望，看见无尽的黑夜被远处的火光穿透。我一边向前，一边向外面飘荡。有一次回过头，看见地球变成一轮新月般的蓝光，在左侧越变越暗。远处，太阳好似一抹白色火焰，在黑暗里灼烧。

"不知道过了多久。然后，又看见了地球，那是最后一次——一个永远散发着蓝光的小球体，徜徉在永恒的宇宙之中。在那里，我就是一片脆弱的灵魂尘埃，在真空中静静地闪烁，从遥远的蓝色到无人知晓的宇宙空间。

"时间好像过去了很久，现在，什么都看不见。我从恒星旁边飘过，一头扎进周围巨大的黑暗。整段时间里，除了一丝轻巧和寒冷带来的不适感以外，我没有其他感觉。然而，现在，邪恶丑陋的黑暗似乎爬上我的灵魂，我顿时感到恐惧和失望。我到底会变成什么？将去向何处？即使想明白了，它们还是会顺着我身边不可触及的黑暗一样增长，变成一道血色。黑暗似乎极其遥远，像雾一样飘渺。突然之间，压抑感减轻了，我不再感到绝望。

"慢慢地，远处的红色变得更大更浅了。直到我更加接近一点，发现它延伸开来，变成一片巨大的暗光——沉闷而单调。我仍然不停地向前飘浮，眼下已经十分接近了，就好像一片暗红色的海洋在身下展开。但是除了这片无边无际的红海，看不到别的东西。

"又往前飘了一点，我发现自己在下沉。很快，我就沉入一片暗红色的巨型云海之中。慢慢地，我又出来了，我看到下面是巨大的平原，就是在这所房子从我房间里看出去看到的平原，坐落在寂静的边境上。

"现在，回到地面上，我站着，四周一片孤寂。这个地方只有一点微弱的暗光点亮，让人感到说不出的荒凉感。

"在右侧很远的地方，一团巨大的暗红色火焰在天际燃烧，外面的一圈轮廓照射出巨大的扭曲的火焰，如同锯齿一般向四周投射。圆圈里面是黑色的，就像外面的黑夜一样黑。我立刻明白了，就是因为这个巨大的太阳，才使这个地方有了阴沉沉的颜色。

"顺着那束奇怪的光源，又看了看四周围。目光所到之处一无所有，除了平原，还是平原，广袤无垠。我找不到任何生命的迹象，即使古时人类居住的痕迹也没有。

"渐渐地，我发现飘得更远了，飘过了平坦的荒原。好像飘向永生世界。我没有感到任何的不耐烦；尽管内心一直有些好奇，更是充满疑惑。我始终看到周围是一片巨大无比的平原，也一直试图找到一些新鲜的东西打破这种单调，但是毫无变化——只有孤独、安静和荒芜。

"眼下，恢复了半点意识，我注意到一丝微弱的雾气，红红的，飘散在表面。然而，当我看得出神的时候，我没办法说这真的是雾气，因为它好像和平原混合在一起，给它蒙上一层不真实的感觉，给人感觉没有实体的存在。

"渐渐地，我对眼前一成不变的场景感到疲惫。但是，在发现被带到的那个地方之前，我非常享受这段时光。

"最初，看见它在远处，像平原表面绵延的山丘。然后，当越来越近时，我发现错了，因为，除了低矮的山丘，我发现，现在还有一连串雄伟的山脉，它们遥远的山峰冲上红色的暗光里，直到最后几乎消失在视野之中。"

第三章
竞技场里的房子

"就这样过了一段时间，我来到山脉上。然后，路程方向发生了变化，我开始沿着山脚移动，突然之间，看见自己正对着一个巨大的裂口，开口对着山脉。我忍受着缓慢的速度穿过这片地方。在我身体两边有巨大的光滑墙面陡然升起，坚硬如石。头顶远处，看到一段薄薄的红色丝带，裂口的开口处就在那里，四面是遥不可及的山峰。里面则幽然深邃、寂寥冷清。我继续向前飘动了一会儿，最后，我看见前面有深红色的火光，我知道自己接近峡谷深处的洞口。

"没过多久，我飘到裂缝的出口，看到外面的山呈现出一个巨大的露天竞技场形状。但是，触动我的并不是这座山，也不是这个地方之宏伟，真正令我惊诧万分的是，几英里以外的竞技场中央有一个巨大的翡翠建筑。让我震惊的还不止是发现这座建筑。有一件事越来越明显，那就是除了颜色和庞大的外形之外，这座孤独的建筑物没有一个地方和我住的地方不一样。

"我目不转睛地看了好久。此刻，还是不相信自己的眼睛。在我的脑海中有一个问题不断重复着：'这意味着什么？这意味着什么？'我绞尽脑汁都没有办法回答这个问题。我好像只能感到好奇和害怕。我又聚精会神地看了好一会儿，不断地发现新的相似之处。最后，筋疲力尽、一肚子困惑的我换了一个方向，看看我所闯入的这块陌生地方其他部分是什么样子。

"到目前为止，我都一直在仔细查看这所房子，对周围的地方只是粗略一瞥。现在，当我再看的时候，才明白自己来到一个什么地方。这个竞技场,就像我给它起的名字一样,是一个直径十到十二英里完整的圆,而这所房子,正如前面提到的,坐落于圆的中央。这个地方的表面看起来像平原,似乎笼罩着一层奇特的雾气,但又不是雾气。

"快速检查完以后,又沿着环形山脉迅速向上望去。这个地方太寂静了。这里是多么的安静啊!这种安静如死寂一般可怕,对我而言,比起任何看见的、想象的东西都要更加令人难受。我抬起头,看见了巨大的峭壁,高耸入云。在顶端有一片无法触及的红色,所有东西都变得若隐若现。

"我东张西望,又产生一种新的恐惧感,因为,在右侧远处,有一座昏暗的山峰,轮廓看上去是一个巨人模样的黑影。这个黑影越来越大。它有一个庞大的马首,长着两只硕大的耳朵,看上去低头凝视着竞技场。这个姿势给我的印象是一种长久的警觉性——它将永远监视这个阴森的地方。慢慢地,这个怪兽的模样变得越来越清晰。我的目光跳跃到峭壁更高更远的地方。我看了很久,心惊胆战,突然意识到我对这个东西并不完全陌生——脑海中好像突然冒出某个东西。这个东西黑乎乎的,有奇怪的手臂。特征看起来有些隐蔽。我发现它的脖子周围有几个浅色的物体。慢慢地,露出了细节,原来是些骷髅,我的背后生出一阵凉意。它的身体下面有一圈环形腰带,在黑色的躯干上显得不那么黑。我还没弄清这是什么东西,脑海中划过一个记忆。我恍然大悟,眼前是迦梨[1]的鬼怪化身,迦梨乃是印度死亡之神。

"学生时代的其他记忆也随之而来。我的目光又落到了这个长着兽头的巨型怪兽身上。同时,我认出这是古埃及的天神赛特[2],也称赛斯,是灵魂的毁灭之神。想到这些,又有一连串问题接踵而来——'这两个神是……'——我没有说下去,而是拼命地想。那些想象之外的东西窥探到我的恐惧。我隐隐约约地看见'神话里的古老天神'!我尽力去理解这一切意味着什么。我的目光落在两者之间,眼巴巴地瞪着。'如果——'

---

1 迦梨(Kali)为印度教的一个重要女神。传统上她被认为是湿婆之妻雪山神女的化身之一,为威力强大的降魔相。迦梨一词也可解释为时间,故中文翻译为时母。——译注

2 赛特(Set,也作 Seth,Setekh 等),又名西德,在埃及神话中最初是力量之神、战神、风暴之神、沙漠之神以及外陆之神。——译注

"我突然有了一个想法，转过身，迅速抬头一看，距离左侧遥远的地方，看到了昏暗色的峭壁。一团灰色的东西在巨峰下若隐若现。我觉得似曾相识，后来想起来我还没去看过那块地方。现在，看得更加清楚了。正如我说的那样，是灰色的。它有一个硕大无比的头，但是，没有眼睛。脸上眼窝的地方空空如也。

"现在，又在山上看到了其他东西。远处，依靠在高耸的山脊上，我认出一个绀青色的云团，杂乱无序，令人毛骨悚然。云团似乎没有形状，除了有一张模糊的面孔，一半像人一半像动物，从云团中间向外张望，邪恶地打量着四周。然后又看到了其他东西——成百上千个。它们好像都是从黑影中出来。其中一些我立刻认了出来，它们就是神话中里众神的分身；还有一些不认识，非常陌生，无论如何都没办法认出这是什么东西。

"我不断地从两边看到更多的东西。山里充满了奇特的物体——神兽、鬼怪等等，个个凶神恶煞，无法找到合适的词语去形容它们。于是，我——我突然充满了恐惧、害怕和厌恶感。但是，尽管如此，还是想弄明白。在有些古老的异教徒崇拜的东西里，除了已经被神化的人类、动物和元素，是不是还有别的东西存在？这个想法紧紧围绕着我——有没有呢？

"后来，有个问题不断地在脑海中回荡。这些神兽是什么，其他东西又是什么？起初，在我看来他们只不过是一些雕刻出来的鬼怪，不加区分地放在人们无法抵达的山峰之上，还有周围群山的断壁之上。现在，更加仔细地观察它们以后，得出了新的结论。它们是有意义的，一种无声的生命力，没有办法用言语来形容，在我的认知当中，这意味着死亡里的生命——对于人类而言绝非生命，而是一种非人类的存在，像一种沉睡的假死状态——这种状态可以把它们想象成持续的永生。'不朽！'这个单词突然从脑海中蹦出来，我越来越怀疑这可能是神的永生。

"冥思苦想之际，事情发生了。刚才，我还一直在裂缝出口的阴影之下。现在，不听使唤的身体已经飘出了这片昏暗的黑影，慢慢穿过竞技场——朝着房子的方向。就在此刻，我已经管不着头顶上的那些庞然大物——只是惊恐地注视着眼前巨大的建筑结构，而我正被无情地带往它们。我焦急地寻找，没有发现任何之前没有看到过的事物，最终我冷静了下来。

"眼下，已经飘过房子和山脊之间过半的距离。四周荒凉孤寂，寂静无声。我慢慢靠近雄伟建筑。突然，有了发现，就在房子的一根巨型支柱旁边有什么东西，然后我看见了全部。这个东西巨大无比，像人一样，直立着身子飞奔着，样子十分奇怪。它几乎没穿什么衣服，表面散发着耀眼的光芒。但是，最吸引我，也最让我感到害怕的是它的脸。这是一张猪猡的脸。

"一下子，我安静了下来，看着这个狰狞的怪物，暂时忘记了害怕，想着它会做什么。只见它笨拙地朝房子走去，在每个窗户前面停下来，往里张望，摇一摇栅栏——用来保护房间的——每到一扇门前就偷偷摸摸地用手指去拨门闩，然后推一推。显然，它在找房子的入口。

"现在我离这个巨型建筑不到四分之一英里，但还是不由自主地在向前移动。突然这个怪物转过身，朝我恶狠狠地瞪过来。它张开了嘴，发出'轰'的一声，这一记沉闷的声响第一次划破了这里的寂静，我感到更加害怕。我突然意识到，它正在悄无声息地向我飞奔而来。顷刻之间，它就跑过了我们之间过半的距离，而我的身体还在靠近它，什么都做不了。在一百码的地方，这张残暴的大脸把我吓得彻底动弹不得。在极度的惊慌之中，我差一点失声尖叫。正当彻底绝望时，我发现自己距离竞技场已经非常远了。我升了起来，一小会儿工夫，就飘到了一百多英尺的地方。在下方，就是我刚才离开的地方，有一头令人作呕的猪怪。这头猪四肢着地匍匐着身子，像一只真的猪那样在竞技场表面东闻闻西找找。突然，它站起身来，双脚着地，脸上掠过一丝渴望的表情，这是我从来没有看到过的。

"我继续向高处飘去。一会儿，好像飞过了高山——独自一人在绯红色的云团里越飘越远。在距离下面非常远的地方，已经看不清竞技场了。大房子看上去也不过是一个小小的绿色斑点。猪怪也看不见了。

"现在，我穿过了这片山脉，来到了广阔的平原之上。远处，平原之上，太阳显现出模糊的环形轮廓。我漫不经心地看着那里，突然想起第一眼看到山上露天竞技场的样子。

"带着一丝疲惫，我看着眼前无边无际的环形火焰。这太奇怪了！

正当注视着眼前的一切，只见黑色的中间部分向外喷涌出一股股熠熠生辉的火焰。相比之下，外面的火焰小到可以忽略不计，但是，这里面却巨大无比。我突然提起兴致，仔细地观察一番，注意到这其中异样的沸腾和光芒。转瞬间，一切都变得模糊而不真实，然后在面前消失殆尽。我震惊万分，向下注视着平原，身体却还在上升。我又被一件事惊吓到了。这片平原——所有的一切都消失了，只剩一片红色的雾海，在很远的地方铺展开来。逐渐地，我注意到雾气越来越远，最后，消失在一片混沌之中，在无尽的黑色深渊里，变成了红色的气团。又过了好一会儿，气团也消失了，我置身于一片看不见摸不着的黑暗之中。"

第四章

地球

"就这样,曾经在黑暗中穿梭的记忆成了唯一支撑我思考的东西。过去了很久——若干年。突然,一颗孤独的恒星划破黑夜。这是遥远的宇宙星群中出现的第一颗星星。目前,它在我身后很远的地方,而我的四周簇拥着无数恒星的光辉。后来,好像又过了若干年,我看见太阳,一团火焰。太阳四周有几块光斑在远处——那都是太阳系的行星。然后我又看见了蓝色的地球,小得可怜。随后越来越大,最后露出了全部。

"又过了很长的一段时间,最后,我进入了世界的影子——一头扎进地球昏暗空洞的夜晚。头顶上闪耀着古老星群和一轮新月。随后,我更加靠近地球表面,四周的一片昏暗包围了我,我好像陷入了黑色迷雾之中。

"有一会儿,我失去了知觉,什么都不知道了。逐渐的,我听到一点微弱的呜呜声从远处传来。而后,变得更加清晰。我浑身感到痛苦不堪。拼命挣扎着要一口氧气,想要大叫。一会儿,呼吸稍微通畅些。我意识到有东西在舔我的手。有什么东西在舔我的脸,感觉湿答答的。我听到喘息的声音,然后又是呜呜声。那个东西好像就在耳朵附近,现在,觉得有些熟悉,于是,我睁开了双眼。眼前一片漆黑,但是,不再感到压迫。坐在那里听到有东西可怜巴巴地呜呜叫着,还在舔我。我感到奇怪,本能地避开了舔我的东西。我脑子里一片空白,当时,好像无法动弹也无法思考。然后,那个东西又回来了,我弱弱地叫了一声'佩珀'。它愉快地应了一声,再一次到我的怀里乱撞。

"过了一会儿,我感到自己更加有力气了,想要寻几根火柴。我到处摸索，瞎找了一阵，终于找到几根，擦亮火柴，对周围的一切感到疑惑不解。我看见周围都是陈旧熟悉的东西。我坐在那里，茫然不知所措，直到火柴的焰火烧到手指，掉在了地上。疼痛和愤怒之下，我'啊'地叫出了声，把自己吓了一跳。

"又过了一会儿，我又擦亮一根火柴，磕磕绊绊穿过房间，点燃蜡烛。一边点蜡烛，一边看到它们并没有燃尽，而是被熄灭的。

"火苗蹿出的时候，我转过身，凝视着书房，然而并没有什么不寻常的地方。突然，我不安焦躁起来。发生了什么？我双手托着头，努力地回忆。啊！一片巨大的寂静平原，还有环形的太阳燃烧着红色的火焰。它们在哪里？在哪里见过这些？这是多久以前？我感到迷茫了，糊涂了。一次又一次，我在房间里来来回回地走动，脚下还有些不稳。我的记忆力似乎变得迟钝了，亲眼所见的事情经过努力，慢慢回想起来了。

"我记得自己在困顿中焦躁不安。突然，头晕眼花，赶紧抓住桌子站稳。有好长一段时间，我虚弱地支撑着自己，然后设法跟跟跄跄地走到椅子跟前。过了一会儿，觉得自己好些了，努力走到碗橱那里，通常我会在那放一点白兰地和饼干。为了让自己清醒一下，我给自己倒了一点白兰地，一饮而尽。然后，拿了几块饼干，回到自己的椅子上，狼吞虎咽地吃了下去。我有点惊讶自己竟然如此饥饿。我觉得自己好像很久没有吃过东西了。

"我一边吃，一边环视着房间，观察每一个不同的细节，尽管不知道在找什么，但是我不停地找，企图在这片包围我的无形迷宫中找到一些有形之物。我想'肯定有什么——'。与此同时，目光落在了对面角落的钟面上。我放下食物，两眼紧盯着钟。因为，尽管钟嘀嗒作响，显然它在不停地转动，但是指针却指向午夜时分之前。但是，我清楚地知道，目睹第一件奇闻异事是午夜之后的事情。

"我大吃一惊，在那里疑惑了半天。这和我上次看钟的时间一样吗？可以得出结论，这个指针和上次指的是一个地方，而里面的机械和往常一样走动，但是这不能说明指针是不是往回走了。我已经筋疲力尽，不想再去思考这件事情了，但是，突然想起来，现在可能临近二十二日凌晨了，而我可能在过去的二十四小时里，对眼前的世界毫无知觉。这个想法在脑海中停留了很久。然后,我接着开始吃东西。肚子还是很饿。

"第二天吃早饭的时候,我假装很随意地问及姐姐今天的日子,发现推测是正确的。我确实消失了——至少是精神上——将近一天一夜。

"姐姐没有问我任何问题,因为这绝对不是我第一次把自己关在书房里一整天,有时候当完全沉浸在自己的书本或者作品里面的时候,我总是闭关好几天。

"就这样过了几天,我还是很好奇,不知道那天夜里看到的东西有什么意义,至今都无法忘记。但是,我很清楚,自己的好奇不可能得到满意的答案。"

第五章
前往天坑

"正如前面所说，这所房子周围有一个巨大的庄园和无人耕作的废弃花园。

"大约在远处三百码的地方，有一个很深的黑色峡谷——当地农民称之为'天坑'。底下有一条缓慢的溪水流过，大树遮蔽，从上面很难看到下面的情况。

"穿行的时候，必须解释一下，这条河流起源于地底下，从峡谷东端突然开源，然后兀然消失在西端悬崖之下。

"大概在我看到（如果可以说是看到）平原之后的几个月后，我才注意到天坑。

"有一天，我碰巧沿着南边走，突然，几块石头和页岩从峭壁表面脱离，连着树木一块儿朝我重重地砸下来。我听到它们砸到河底，然后一片寂静。如果不是因为佩珀突然乱跳乱叫，我可能都没有注意。我叫它不要乱叫，它不听，这太反常了。

"我感到天坑里一定有人或者某种物体，迅速跑回屋里，找来一根木棍。回去的时候，佩珀不叫了，而是不停地嘶吼，沿着顶部到处闻，十分不安。

"我吹了一声口哨让它过来，然后开始小心地向下走。天坑深度达一百五十英尺，难以见底，必须要非常小心才能安全到达底部。

"走到下面以后，我和佩珀沿着河岸探索。因为到处有树遮蔽，下面非常暗，我小心地移动脚步，注视着周围的动静，手里紧紧握着木棍。

"佩珀现在安静了下来,但始终紧紧跟随着我。我们沿着河流的一边向上搜寻,可什么都没有听见,什么也没有看见。然后,我们穿过河流——纵身一跃——接着,开始在丛林中寻找返回的路。

"大概走了一半的路程,听到另一边有石头掉落的声音——正是我们走过来的地方。一块巨大的石头轰隆一声从树上滚下来,掉落在河对岸,弹入河里,水花溅得我们满身都是。这时候,佩珀大吼一声,然后停下来竖起了耳朵,我也仔细地听了起来。

"不一会儿,一声巨响从树丛中传出来,一半像人叫,一半像猪嚎,显然,来自南边悬崖半高的地方。在天坑的底部有一声类似的声音回应。这时,佩珀急促地尖叫了一声,一跃而起,跳过河流,消失在树丛中。

"不久,佩珀的叫声越来越响,频率越来越高,伴随着迷迷糊糊的呜咽声。接下来是一阵沉默,然后听到一声半人半兽的痛苦的号叫。几乎同时,佩珀发出一阵痛苦的长嚎,灌木丛剧烈晃动,它拖着尾巴跑了出来。它跑到我跟前,只见它在流血,伤口好像是一个巨大的爪子拉出来的,肋骨几乎都露出来了。

"看到佩珀伤得如此惨重,我勃然大怒,转动着手里的木棍,朝灌木丛一跃而下,跳入佩珀出现的地方。我艰难地朝前走,我想我听见了呼吸声。突然一下子我闯入了一个狭小的空间,正好看见一个苍白色的东西消失在对面的灌木丛中。我大叫一声,朝它奔过去,尽管在灌木丛里用木棍到处拍打、搜寻,但是再也没有看到或者听到任何东西。我回到佩珀身边。在河边,我为佩珀清洗了伤口,把手帕沾湿,包扎它的伤口,然后我们回到峡谷口,重新看到了天日。

"到达房子以后姐姐问起佩珀的情况,因为传说附近有很多野猫,所以我说它和一只野猫打了起来。

"我觉得她还是不要知道事实为好,尽管,确切来说,我也不知道发生了什么。但是至少有一点我知道,那就是跑进灌木丛的不是野猫。它很大,而且据我观察,它的皮肤像猪,颜色惨白。它朝着上面径直地奔跑过去,几乎依靠后蹄,动作看起来和人一样。我只是粗略瞥了一眼,但是说实话,后来想起这件事来,除了好奇,我还感到了不安。

"这件事情发生在早上。

"晚饭之后,我正在阅读,碰巧抬头一看,看到有东西在窗台上张望,只露出眼睛和鼻子。

"'天哪!猪!'我叫着跳了起来。然后,看清了它的样子,但这不是猪,老天才知道这是什么。隐约想起来那天在巨型竞技场看到的庞然大物。它长着人一样的嘴巴和下颚,样子很奇怪,但是没有下巴不能说话。它的鼻子很长,长得像猪鼻子,眼睛很小,耳朵也长得奇怪,看起来非常像猪。几乎没有前额,脸色惨白。

"我看了好一会儿,感到非常恶心,又感到很害怕。它嘴里支支吾吾,说话没有任何意义,时不时发出猪一样的呼噜声。我觉得,它那双眼睛最引人注目,看上去闪闪发光,令人害怕的是,偶尔还会像人一样思考,不断打量着我以及房间里的细枝末节,好像我的视线干扰了它。

"它好像依靠两个爪子抓在窗沿上。这些爪子,不像脸,是黏土一样的颜色,和人的手有几分相似,因为也有四个指头和一个拇指,尽管指头和拇趾相连,就像鸭蹼一样,但是它也有指甲,又长又有劲,和鹰爪十分接近。

"正如前面所说,我感到些许害怕,我可是非常客观的。也许把它形容为一种厌恶感更合适。这种感觉就好像碰到一股非人类的邪恶势力,非常邪恶——就连做梦都想不到。

"那个时候,我还没有看清楚这个野兽的全部面貌。我想,它们又回来找我了,就好像印刻在脑海中一样。看到它们的时候,引发出无限想象,后来,我的脑海里回想出更多细节。

"我看着这个怪物好长一段时间,然后神经稍稍平静下来,卸下了芥蒂之心,朝着窗户走去。正在此时,怪物一摇一摆地跑走了,消失得无影无踪。我跑到门口,慌张地四处寻找,但是眼前只有混乱的矮树和灌木丛。

"我跑回房子,拿出枪,冲到花园里寻找。一边找一边问自己刚才看到的东西是不是就是早上看到的东西,我越想越觉得就是。

"我本来想带上佩珀,但是它最好还是休息一段时间让伤口愈合。另外,如果和预想的一样,那么这个怪物就是佩珀早上的对手,它也帮不了忙。

"我开始有条不紊地寻找,我作了一个决定,如果能够找到这个猪怪，就了结了它。这东西真的是一个妖魔鬼怪！

"起初，想着佩珀受伤，我找得很仔细。但是，过去了几个小时，这个硕大的孤独花园一点都没有生命的迹象，我没有那么担忧了。我反倒想要找到它。任何东西都比安静来得好，我经常感到好像有东西潜行在灌木丛里。随后，我越来越疏忽大意，直接跳入灌木丛，用枪管开路。

"我时不时地大声呼喊几下，但是，回答我的只有回声。我想这样也许可以吓跑或者惊扰到怪物，好让它现身。但是，我把姐姐玛丽叫出来了，她想知道发生了什么。我告诉她看到了伤害佩珀的野猫，要把它赶出去。她似乎不太相信，带着怀疑的表情，又回屋子里去了。我想她可能看到或者猜到什么了。下午，我急切地寻找，感觉这个野兽在房子周围灌木丛里游荡，晚上也睡不着觉，但是，夜幕慢慢降临，什么都没看见。然而，正当准备回家时，我听到一声短促的叫声，无法辨认，就在树丛右边。我随即转身，对准声音传出来的方向开枪，只听见灌木丛里传出急急忙忙跑走的声音。它跑得速度非常快，不一会儿就听不见任何动静了。我追了几步就不追了，因为天一下子变得阴暗下来，再这么找下去一点用都没有，最后，我非常沮丧地回到房子。

"那天夜里，姐姐睡着以后，我到一楼，检查了每一扇窗户和门，看看是否锁紧了。检查窗户有点多此一举，因为底楼的窗户都牢牢地加固过了，但是对于五扇门而言，这么做是很明智的，因为没有一扇上了锁。

"把门锁紧后，我回到书房。但是，我觉得这个地方不安全：房间里看起来十分大而且还有回声。在一段时间里我试着阅读，但是最后发现没办法安下心来读书。于是我带着书到楼下厨房，坐在那里，旁边烧着一堆柴火。

"我敢说读了好几个小时，突然，听到了什么声音，于是我立刻放下书仔细倾听。这声音像是什么东西在后门摩擦摸索。一声巨响，门裂开了，好像外面有很大的力量在推。那一刻，说不出我有多害怕，我好像早就应该相信那些不可能发生的事。我的双手颤抖着，出了一身冷汗，猛地打了一个哆嗦。

"慢慢地，我平复下来。外面的秘密行动也停了下来。

"我静静地坐在那里,警惕地观察了一个小时,突然恐惧感又朝我袭来。我感觉自己好像一只青蛙,正处在蛇的眼皮底下。但是,我现在什么也听不见,毫无疑问,有一种无法名状的力量在施加影响。

"逐渐地,听见一个很难辨认的声音在耳边悄悄移动,然后变成了微弱的低语。突然,又变得低沉起来,然后是巨大猛兽的齐声尖叫。这个声音似乎是来自地球内部。

"只听'啪'的一声,我意识到自己迷迷糊糊地把书掉地上了。然后我就一直坐着,直到太阳光照射进来,苍白的光线一点点透过厨房高高的窗户,爬进栅栏。

"有了一丝光线,我便不再感到迷惑,也不再感到害怕,逐渐恢复了知觉。

"我捡起书本,趴在门上听,没有任何声音打破寒冷这片寂静。站了几分钟,然后慢慢地、小心翼翼地拔出门闩,打开门,往外面偷看。

"我的谨慎完全多余。眼前什么都看不到,只有一片单调的灰色杂草和灌木丛,一直延伸到远处的庄园。

"我又打了个哆嗦,关上门,安静地走回楼上睡觉去了。"

第六章

一大群猪怪

"事情大概发生在一星期后的某个晚上。姐姐坐在花园里织毛衣。我一会儿在楼上看书一会儿下楼看书。自从花园里出现奇怪的东西之后，我觉得有必要采取一些保护措施，于是就把枪拿出来靠在墙上。但是，过了整整一星期，不论声音还是景象，没有丝毫东西惊吓到我，所以我又有时间开始冷静地回顾整件事情，只是好奇心丝毫没有减弱。

"正如我所说，我一直在楼上楼下来回跑，而且看书看得都有点入迷了。突然，听到远处传来一声巨响，从天坑的方向传来，我立刻转过身，只见滚滚尘埃升起，飘入夜空。

"姐姐跳起来，吓得大叫一声。

"我让她在房间里不要动，一把抓住枪，朝天坑的方向跑去。跑着跑着又听到沉闷的隆隆声，然后很快变成了巨响，夹杂着更加沉重的碎裂声，天坑里又升起一股灰尘。

"尽管声音停了，灰尘还在不断地升起，而且十分剧烈。

"我来到边缘低头向下看，除了漫天飞扬的尘云，什么也没有。空气中充满了细小颗粒，遮住了我的视野，呛得我说不出话。所以最后，我不得不逃离烟雾，不然连呼吸都困难。

"渐渐地，飘浮的尘埃落定，天坑的入口处积了厚厚一层灰，十分壮观。

"我只能猜测发生了什么。

"这无疑是某种滑坡，但是怎么会发生就不得而知了。但是，那时我有了猜想，因为我觉得这也许是掉落石块，或者是天坑下面的猪怪。

但是，刚开始我还糊里糊涂，并没有想到这样的灾难预示着接下会发生的事情。

"等尘埃慢慢平息下来，就可以靠近边缘的地方往下探个究竟。

"透过水蒸气，我往下看了好久。最初，根本没有办法看到任何东西。然后，我看到有东西在左边移动。仔细一看，随即发现一个接着一个——一共三个模糊的影子朝着坑的洞口攀爬。我只能模糊地辨认出它们。正当我好奇地盯着它们时，只听石头哗哗往下掉，砸向右侧。我来回张望，发现什么都没有，于是向前挪了挪，在我站着的地方往天坑周围和下面望去。一张巨大的白色猪脸出现在离我几码远的地方，还可以看到它的身后跟随了好几只。猪怪看到我的时候，发出一声粗野的叫声，天坑其他地方纷纷有声音响应。刹那间，恐惧和害怕袭来，我弯下腰，朝着这张脸开了一枪。怪物一下子消失得无影无踪，伴随而来的是土地和石头松动的声音。

"接着一阵寂静，如果这段时间有什么动静，可能我已经死了，因为，有很多脚步声，我猛地转过身，看到一大批怪物奔过来。我立刻举起枪，朝着最前面的几只开火，伴随着骇人的咆哮声它们一头栽倒下去。我转身拔腿就跑，跑到一半，看到姐姐朝我走过来，我看不清她的脸，因为灰尘不断地掉落，但是我听出来，她问我为什么开枪的时候，声音里夹杂着恐惧。

"'跑！'我大叫道，'保命要紧，快跑！'

"她毫不犹豫地转过身，双手提起裙子拔腿就跑。我紧随其后，不时地向后望。这些怪物靠着后蹄奔跑——有时四肢都用上了。

"我想一定是我声音里充满了恐惧才让玛丽吓得逃命，所以我相信她没有看见身后追赶的那些可怕的东西。

"就这样，姐姐在前面跑，我们逃了一路。

"每当脚步声接近，我就知道这些野兽快要抓住我们了。还好我习惯了不稳定的生活。即便如此，这场你追我赶的局面让我们意识到事态的严重性。

"我能看到前面就是后门，还好后门开着。现在，我和玛丽只有不到六码的距离，但我已经气喘吁吁。就在这时，有东西拍了拍我的肩膀，我迅速扭过头，看到其中一只怪物惨白的脸凑到面前。有一只怪物跑得特别快,几乎要追上我了。转过身,它又来抓我。猛地一下,我跳到另一边,转动枪支,对准怪物恶心的脑袋就是一枪。它倒下了,发出和人一样的哀号声。

"即使这么一会儿工夫,也足够让剩下的野兽追上来,我一刻都不敢停留,转身跑进房间。

"刚一碰到门就冲进走廊,然后迅速转身关上门,插上门闩,只听见第一个扑上来的怪物砸在门上猛地一震。

"姐姐坐在椅子上,拼命喘气。她看上去快要晕过去了,但是没时间管她了,我必须确保所有的门都锁紧了。还好,所有的门都锁紧了。我最后检查的一扇门是从花园通往我书房的,刚检查好,就听到外面一阵声响。我一声不吭地站着,竖起耳朵听。是的,现在能够很清楚地听到它们窃窃私语,还有东西在门板上划过,发出刺耳的刮擦声。显然,这些野兽在用爪子摸索门,看看哪里能找到入口。

"这些怪物能够这么快找到门,足以证明它们有推理能力。绝对不能把它们仅仅当做动物来看待,这一点我确信。当第一次发现这个怪物透过窗户看我时,就觉察觉到了。我用非人类来形容它们,因为直觉认为这些怪物非同一般野兽,它们超越了人类,但是,并不是从好的一方面,和人性的伟大和善良相比,它们是恶劣的充满敌意的。总而言之,是有智力的生物但是不是人类。一想起这些怪物我就非常不舒服。

"现在,我想起了姐姐,我走到碗橱那里,拿出一小瓶白兰地还有一个酒杯。带着这些东西,我点燃一支蜡烛下楼走到厨房。她没有坐在椅子上,而是已经脸朝下,躺倒在地板上。

"我轻轻地把她身体转过来,抬起她的头,然后倒了一点白兰地在她嘴唇边,过了一会儿,她微微颤抖了一下,然后她开始喘气,睁开双眼。她半梦半醒地看着我,双眼慢慢闭起来,我又给她喝了一点白兰地。大约过了一分钟,她静静地躺着,呼吸急促。突然,她睁开了眼睛,看上去瞳孔放大,好像恐惧随着意识一起恢复。她突然站起来,吓得我往后缩了回去。我注意到她有些犯晕,于是伸手扶住她,就在那时,她发出一声尖叫,跌跌撞撞冲出了房间。

"我不知所措——跪坐在地上,手里拿着白兰地瓶子。我彻底地惊呆了。

"她会怕我吗？但是为什么她会怕？我只能认为她神经受了刺激，暂时精神错乱了。听到楼上'砰——'很响的摔门声，我知道她躲到房间里去了。我把小酒瓶放在桌上，后门方向传来声音把我注意力吸引住了。我朝着这个方向走过去，注意听，门看上去在摇动，仿佛一些怪物想悄悄地打开它，但是门非常牢靠，不会轻易移动。

"花园外，传来了连续不断的声音，如果不仔细听，可能会当做一群猪发出的呼噜声和尖叫声。但是，我站在那里听，觉得这些猪一样的声音是有意义的。渐渐地，我从声音的黏性和连接性里好像察觉到了和人类交谈的相似性，好像每个发音都是很艰难地发出来，我越来越相信这不仅仅是混杂的声音，而是在交换意见。

"这时，走廊里已经有些暗下来了，夜幕降临后，各种各样的尖叫和呻吟从老房子里传出来。毫无疑问，因为房子里更加安静，也就更容易听到声音。可能还有一种说法认为太阳落山后，气温突然的变化影响了房子的结构，导致它缩小了，成了晚上的样子。但是，尽管如此，那一天夜里，我还是希望没有这么多阴森可怕的声音。在我看来，破裂声和嘎吱声表明这些东西沿着黑暗的走廊向我靠近，尽管我深知这是不可能的，因为，我亲眼所见，所有的门都锁好了。

"然而，逐渐这些声音触动到我的神经，我觉得是在惩罚我的懦弱，我感到有必要再绕着地下室走一圈，如果遇上任何东西都要面对它。然后，我走上楼到书房，因为我知道想睡觉是不可能了，房屋周围还有这些半人半兽的怪物围绕着，而且都是十分邪恶的东西。

"我把厨房的油灯从钩子上取下来，检查了楼下和楼上每一个房间，从食物储藏室到地下煤仓——沿着走廊一路，还深入到这所老房子地下室里许许多多窄小的死胡同和隐蔽的角落。等我检查完所有可以躲藏的角落和缝隙以后，才上了楼。

"刚踏上第一节楼梯，我就停下了脚步。我好像听到了动静，显然是从楼梯左边的酒窖传来的。这是我第一个检查的地方，但是，我肯定听到了动静。我神经紧绷，一刻都没有迟疑，把灯举过头顶朝门走去。匆匆瞥了一眼，那地方空空如也，只有沉重的厚石板，底下是砖头做的支柱。也许是弄错了，我正准备离开，只见烛光遇到窗外两个明亮的光点后闪了起来，火苗蹿得很高。我站在那里注视许久。看着它们慢慢消失，至少在我看来，是交替发出绿色和红色的火花，我知道那是一双眼睛。

"我慢慢跟踪其中一个猪怪模糊的轮廓，看起来它像是抓着窗户的栏杆，做出一副攀爬的姿势。我一点点靠近窗户，把灯举得更高一些。完全不需要害怕这些怪物，因为栏杆很牢固，移动栏杆的风险很小。我明知道野兽不可能爬上来伤害我，但是突然我又想起一周前的那个晚上，我也是被同样的恐惧萦绕，这种感觉是同样的无助、战栗和害怕。我隐约觉得怪兽的眼睛紧紧地盯着我，试图转身但是做不到。窗外好像隔着一层雾气，然后，其他眼睛也过来看着我，直到出现一大群不怀好意的眼睛，这些怒目注视着我，似乎让我动弹不得。

"我的头开始感到迷迷糊糊，剧烈地抽搐。然后，左手感觉到剧烈的疼痛。这种痛越来越厉害，强迫我注意到它。我用尽全力低头一看，这时我身上的诅咒才得以破解。我意识到，激动之余，自己居然都没有意识到抓到了发烫的油灯玻璃罩，以至于烧到了手。当我再一次抬头看向窗户，雾气散去，现在，我看到几十张野兽的脸，一怒之下，举起油灯朝下面扔了过去，狠狠砸中窗户。油灯砸中玻璃，砸碎了玻璃窗，从两道栏杆之间穿过，掉到花园里，滚烫的油到处飞溅，我听到了好几声痛苦的叫喊，等我逐渐能够在黑夜里看清东西，我发现怪物已经离开了窗户。

"等控制住自己的情绪，摸索到了门，我上了楼梯，每一步都走的磕磕绊绊。我感到有些晕眩，好像头上被重重打了一下，同时，手又刺痛得厉害，对这些怪物我感到忧心忡忡，火冒三丈。

"到达书房后，我点燃一支蜡烛，就在要燃尽的时候，墙上的枪杆折射出一道光线。看到这番景象，我立刻想起我有重要武器，之前就已经证实过对那些不同于一般动物的怪兽来说子弹是致命的，我决定发起进攻。

"首先，我把手包扎好，因为疼痛一下子变得难忍，包扎好之后好很多。我穿过房间，来到枪架前面，挑选了一把重型步枪，尽管陈旧但是十分有用，上膛之后，我走到楼上屋顶的小塔。

"从小塔上往外看，什么都看不到，花园呈现出一道道昏暗的影子，有树的地方也许更黑暗一些，除此以外什么都没有，我知道朝着黑暗开枪一点用处都没有。唯一可以做的就是等到月亮升起,然后,我也许可以射杀几只怪物。

"与此同时,我一动不动地坐着,竖起耳朵。花园里现在相对比较安静,只是偶尔能听到咕噜声和尖叫声。我不喜欢这种安静,这使我一直在想怪兽准备做些什么坏事。我又一次离开塔楼,绕着屋子走了一遍,除了安静还是安静。

"有一次,我听到天坑的方向有声音传过来,好像更多尘土掉下去了。过了十五分钟左右,花园里的外面发出一阵喧闹声,等声音消失后又安静了下来。

"大概过了一个小时,月光从遥远的地平线上升起。在我坐的地方能够看到月亮挂在枝头,但是月亮升到高空之前,我还不能辨认花园里的一草一木。当月亮高高升起,我还是没办法看到野兽,我伸长了脖子,看到好几个俯卧着的躯体靠在墙上。我不知道它们在干什么,但是这个机会绝对不能错过,我瞄准了,朝着一只猪怪开枪,只听到刺耳的尖叫。等到烟雾散开,看到那只怪物躺在地上,做无力的挣扎。然后其他的怪物都消失了,再次恢复平静。

"没过多久,听到一声很响的尖叫,来自于天坑的方向。之后从花园的每个角落传来几百声回应,我大致了解怪物的数量,我发现问题比我想象的要严重。

"我坐在那里,默默注视着,心里想怎么会发生这一幕?这些东西是什么?意味着什么?然后,又想起过去的一幕(尽管,至今,我仍然怀疑这一幕的真实性),就是那个寂静的平原。那意味着什么呢?我很好奇,竞技场里的东西又是什么呢?啊!最后,我想起那个遥远的地方看到的房子,那所房子的外观和这所房子像极了,可能就是模仿这所房子,或者说是这所房子仿造那一所。我没想到会是那样——

"就在这时,又听到天坑里传来一声长长的尖叫,几秒钟后,伴随其他几声短促的尖叫。一下子,花园里到处都是回应的叫声,我安静地站着,看看栏杆外面发生了什么。月光下,草丛好像活了起来,到处晃动,仿佛被一股强劲的不规则的风吹动,同时,我听到不断的沙沙声,还有朝着我奔跑的声音。好几次,我看到月光照在奔跑在草丛间的白色身影上闪闪发光,我开了两次枪。第二次,一声短促的痛苦声伴随着我的射击。

"一会儿,花园又安静了。从天坑里传来低沉、粗哑的嘈杂声,像是猪在说话。好几次能听到空中回荡着怒吼,然后无数咕噜声响应。看来,它们像是在举行会议,可能在讨论如何进入房子,它们似乎是被我成功的射击激怒了。

"在我看来,这是个好机会让我再检查一遍我们的防御。我立刻查看了一边整个地下室,检查了每一扇门,还好,它们和后门一样造得十分牢固,都是由镶了铁的橡木打造而成。走到楼上书房,更担心这扇门,因为这扇门造得晚,尽管也很牢固,但是没有其他几扇那么坚实有力。

"我必须解释一下,房子这边有一块小小的草坪,门就是对着这块草坪,正是因为如此,书房的窗户用栏杆挡起来——除了通往大门的那一扇从来不开——其他所有入口都建造在地下一层。"

第七章
袭击来临

"思索良久，怎样才能加固书房的门呢？最后，我来到楼下的厨房，费力地带上来几根沉重的木头。我把木头拖上楼，斜靠着地板，然后从头到脚钉在门上。弄了半个小时，最后才觉得放心了。

"钉完木头我感觉踏实一点，重新穿上丢在一旁的大衣，准备再查看一两处就回塔楼。一边忙活着一边听见门外摸索的声音，有东西不断地想撬开门闩。我默默地等待着。很快，听到有好几只怪兽在门口。他们轻声对着彼此咕噜了几声，然后，过了好一会儿，一点声音也没有。突然，听到一声急促的很低的咕噜声，门在巨大的推动下裂开了。如果不是我加固了，门早就朝里面推开了。然后，又一下子没有东西在推动了，接下来是更多的交谈。

"这时，其中一只猪轻轻地叫了一声，我听到其他几只猪的声音也逐渐靠近。大概又交谈了一会儿，又安静了下来，我意识到它们叫来了更多的帮手。我觉得现在十万火急，我手中握着步枪，站稳了。如果门被撞开了，至少，我可以干掉它们，越多越好。

"然后，又听到了低沉的信号，门又被一股巨大的力量撞开了一道缝。这种撞击持续了一会儿，我紧张地等待着，做好准备，也许下一秒门就被撞开了。但是，没有，支柱很牢，几次尝试都失败了，只听到它们发出可怕的咕噜声在交谈，我想，它们一边交谈，我已经听出了又有几只过来的声音。

"谈论了很长时间，门也被撞了很多次，它们终于再次安静了下来，我知道它们还会再做尝试把门推开。我几乎绝望了。经过前两次严峻的考验,我很害怕支柱承受不住这一次进攻。

"就在这时,我灵机一动,尽管头脑一片混乱,却闪现过一个想法。毫不迟疑,我迅速离开房间,三步并一步跑上楼。这次,不是去塔楼,而是去平坦的铅顶,我翻过后墙往下看。正在此时,我听到短促的咕噜信号。即使在楼顶,我都能听到门在撞击下发出的声响。

"不容迟缓,我斜着身子,迅速瞄准射击。伴随着刺耳的爆炸声,还传来子弹打中目标的一声巨响。一声尖锐的哀号从下面传来,门也不响了。我正从矮墙上挪动身体时,掉下一大片墙头的石块,砸中楼下一团没有组织的怪兽。可怕的尖叫划破黑夜,只听到奔跑的脚步声。慎重起见,我检查了一遍。在月色之下,我看到一大块墙头,倒在门口。我想墙下还压着好几只白色的东西,只是我不确定。

"又过了几分钟。

"我聚精会神地看着,发现房子的影子外有东西过来,这是其中一只猪。我爬上石头,悄悄地弯下身,我看不清楚它在做什么,突然它站直了,爪子里抓了些东西,放进嘴里后撕得粉碎。

"我愣了好一会儿。然后,慢慢地我明白了。这东西又停住了,十分可怕。我开始给枪上膛。再查看的时候,发现这个怪兽正在用力搬动石头——把石头拖向一边。我把枪靠着墙头,扣动扳机,只见野兽脸朝下倒了下去,四肢无力地颤动着。

"伴随爆炸声,听到玻璃破碎的声音。我重新给枪上膛,然后离开屋顶,冲下两层楼。

"在这里,我停下来听。一边听,一边传来玻璃掉落的叮当声,似乎是从楼下传来的。我激动地跳下楼,顺着窗框嘎嘎声,到了一个空卧室的门前,就在屋子后。我推开门,房子被昏暗的月光照亮着,窗外移动的身影弄得屋里光影斑驳。我站在那里,看见其中一只怪物爬进房间。我举起武器,直接就是一枪,房间里充满了震耳欲聋的响声。等烟雾散尽,我看见房间里空荡荡的,窗户也没有了,房间更亮堂了,晚风从破败的窗台吹进屋里,凉飕飕的。楼下,我听见黑夜里有轻声的号叫,还有猪一般杂乱不清的低声细语。

"我来到窗户一边,重新上膛,站在那里等着。当前,我只能听到脚步声。我站在阴影里,这样我看得见外面,外面看不见里面。

"声音越来越近,然后我看见有东西爬上了窗沿,抓住了破窗台。它抓到一块木头,这下我看清楚了,这是一只手和手臂。几分钟后,我看到了猪的脸,我还没来得及拿出步枪,什么都没做,就听到剧烈的破裂声——'咔'一声,窗台承受不住怪物的重量倒塌了。接下来,听到'砰——'压碎的声音,还有一声大叫,我知道怪物掉到地上了。我真希望怪物已经死了,我来到窗前,月亮被云遮蔽了,我什么都看不见,但是我听到我站的地方下面传来不断的说话声音,这表明还有更多怪兽在附近。

"我站在那里,低头看看,觉得十分奇怪,这些怪物怎么能爬到那么远的地方,因为墙面十分光滑,窗台距离地面至少八英尺高。

"突然,我弯下身凝视,隐约看到房子灰色的阴影有黑色的线条。穿过窗户,来到左边大约两英尺的地方。我想起来,这里有排水管,是几年前造的,专门用于排走雨水。恰恰在我知道解决办法的时候,我听到轻轻滑行的摩擦声,我知道另外一只怪物又来了。我伺机伸出窗户,找到那根管子。管子很松,这一点让我大为高兴,我用枪杆当作撬棍,把管子撬开。我动作很快,然后双手握住管子,整个拔起,连同爬在管子上的怪物,一起扔了出去,扔到花园里。

"我在那里等候着,竖起耳朵,听了好一会儿,但是自第一声尖叫过后,再也没有任何声音。我知道,现在,再也不用担心这一片会遭到袭击了。我消除了唯一到达窗户的入口,其他窗户都没有接连的水管,不会吸引怪物爬上来,我感到更加自信能够逃过它们的魔爪。

"离开房间,来到楼下书房。我想知道门是如何抵御住最后一下进攻的。走进房间,点燃两支蜡烛,来到门前,其中一根大支柱已经挪位了,另外一边,门被朝里推进了六英寸左右。

"显然,我刚才成功赶走了野兽,还有那墙头!我很好奇是怎么移动它的,开枪的时候并没有发现墙头松动,然后当我站起来,它就掉落到身下了。我觉得多亏了墙头及时掉落,而不是我的枪,赶走了进攻。我又想起来,最好趁此机会把门再固定住。很显然,这些怪物自墙倒塌后再也没有回来,但是谁也说不准它们会离开多久。

"我立刻着手修门,十分认真同时又很担心。首先,我到地下室翻箱倒柜找出几块分量重的橡木板材,然后带着木材回到书房,移除原先的支柱，把板材抵住门，用钉子钉住一头，然后再把另一端钉住。

"这样，后面的木板加固了门，门就更加结实了。我感到肯定能够承受更大的推力不被推开。

"然后，我点燃从厨房带下来的油灯，到楼下查看其他位置更低的窗户。

"现在我知道怪物到底有多大力气了，尽管楼下窗户栅栏很牢靠，我还是非常担心底楼的窗户。

"我先到酒窖，清晰地记起来我在那里的经历，这个地方阴森，风又飒飒作响，透过破碎的玻璃窗吹进来，发出恐怖的声音。除了感觉阴暗意外，这个地方还是和我前一天晚上离开时一模一样。我来到窗前，仔细检查了栏杆，注意到它们还是很牢固。我更加仔细地看了一下，我发现中间几根栏杆好像轻微扭曲了，但是只有一点点，可能很久以前就已经如此了。之前，我从没有特别注意过。

"我把手伸出破碎的窗户，摇了摇外面的栏杆，栏杆坚硬如石。也许怪物已经试着摇动栅栏，但是发现无能为力，所以就不忙活了。然后，我又小心翼翼地检查了每一扇窗户，但是我找不到可以入手的地方。检查完以后，回到书房，我倒了一些白兰地，回到塔楼继续观察。

第八章
袭击过后

"这会儿凌晨三点左右,东方破晓,露出了鱼肚白。天色渐亮,借助光,我急切地环视了一下花园,但是,没有找到野兽的踪迹。我倾斜着身子,朝楼下墙角望去,前一天夜里杀掉了一只猪怪,不知尸体是否还在那里。它不见了。我猜,趁着夜色,其他怪兽把它搬走了。

"我走到屋顶,翻过倒塌的墙头,从豁裂的地方向下看。我检查了一下,石头还在那里,和前一天看到的一样,但是,石头底下没有任何东西,也没看到被我杀死的怪物。显然,它们也被搬走了。我转身来到楼下书房,筋疲力尽地坐在那里。我彻底累坏了。现在,周围已经亮了起来,但是太阳还没有散发出炙热的光芒。钟敲了四下。

"我惊醒过来,急急忙忙向四周张望。角落里的钟指向三点。现在已经是下午了,我肯定睡了将近十一个小时。

"我猛地一下,从椅子上坐起来,竖起耳朵听。房子无比安静。我慢慢地站起来,打了一个哈欠,还是觉得十分疲惫,然后又坐了下来。到底是什么东西把我弄醒了?

"这会儿我觉得一定是钟敲醒了我,然后我又开始打盹,突然又有一个声音把我吵醒。是人的脚步声,好像谁小心翼翼地走下楼梯,朝我书房走来。我立马站起来,抓住步枪,悄无声息地静静等候。睡着的时候怪兽是不是进来过?正当我充满疑惑,脚步声到达了门口,停了半晌儿,然后继续沿着走廊走去。我踮起脚尖,悄悄走到走廊里,往外瞄。顿时,就像判处缓刑的囚犯感到释然——原来是姐姐。她正朝楼梯走去。

"我走到大厅准备叫她,但是突然觉得蹊跷,她为什么要神不知鬼不觉地走到我房间。我很好奇,有那么一瞬间,感觉这不是她,可能是房子里又出现未知的神秘事物。但是当我瞥到她的旧衬裙时,立刻打消了这个念头。我差一点笑出声。看到这件旧衣服绝对不会弄错。但是,我很好奇她在做什么,想起前一天她神志不清的样子,我觉得最好跟在她后面——小心一点不要惊吓到她——看她到底准备干什么。如果她行为正常,那么就没问题,如果有什么地方不对劲,那么我要采取措施阻止她。当下有那么多危险的东西威胁着我们的安危,我不能冒任何不必要的风险。

"我迅速走到楼梯口,然后停了一会儿。只听到门闩被打开的声音,嘎嘎作响,吓得赶紧跑过去。我那愚蠢的姐姐在拆后门的栅栏呢。

"正当她要拆最后一根门闩的时候,我拦住了她。在她还没看见我之前,我就抓住了她的双臂。她回头一看,像一只受惊的动物大叫起来。

"'醒醒,玛丽!'我严厉地呵斥道,'你为何这般乱来?难道你不知道我们正面临的危险吗?你是想弃我俩的生命于不顾吗?'

"她没有回答我的话,只是剧烈地颤抖着,一边大口喘着粗气,一边抽泣,惊恐至极。

"我和她讲了好一会儿道理,告诉她我们需要小心谨慎,还让她表现得勇敢一些。我解释道现在我们已经不再需要害怕了——我也尽量相信我说的话都是事实——但是她必须理智起来,最近几天都不能再有出去的念头。

"最后,我不说话了,但是充满绝望。和她说话一点用处都没有,因为,她显然已经神志不清了。最后,我告诉她如果不能够控制自己,最好回自己的房间去。

"她根本听不进我的话。于是我就二话不说,举起她的手臂把她带到房间。最初,她大肆尖叫,但是当我把她带到楼梯那里的时候,她又安静了下来,浑身发抖。

"到达她的房间之后,我把她平放在床上。她平静地躺在那里,不哭不闹——只是害怕地瑟瑟发抖。我从旁边的椅子上拿来一条毯子,盖在她身上。我只能帮她这么多,然后来到另一边,把佩珀放进大篮子里。自从它受伤以来,一直是姐姐在照顾它,帮它处理伤口,因为它受伤的程度似乎比我想象的还要严重,我欣喜地发现,尽管姐姐状态不佳,但是依然全心全意照顾这只老狗。我俯下身子对它说话,它舔了舔我的手作为回答。由于伤得太严重,它只能做这么多了。

"然后,我走到床边,把姐姐扶起来,问她感觉如何,但是她只是不住地摇头,令我心痛的是,我不得不承认我的出现使她的情况更加糟糕了。

"我让她一个人静一静——转身锁上门,把钥匙放进口袋里。看起来这是我唯一可以做的事情。

"这一天的其他时间,我都徘徊在塔楼和书房之间。至于吃的,我从餐桌上拿了一条面包,就着一些红葡萄酒,过了一天。

"这天既漫长又疲惫。如果我能够像往常一样,到花园走走,就心满意足了。但是关在这所寂静的房子里,除了一个疯女人和一条伤残的狗,连个伴儿都没有,即使最坚强的人也会忧心忡忡。而在房子周围杂草丛生的树丛里,还潜藏着恶魔似的猪怪伺机发动攻击。还有没有人遭遇像我这般的困境?

"一天下午,我又去看望我的姐姐。看到她再一次照料佩珀。但是我一接近她,她就逃开了,不声不响地躲到了很远的角落里,这让我伤心至极。可怜的姑娘!她的害怕让我很难过,但是我没必要去打扰她。我想用不了几天,她就会慢慢好起来的。在此期间,我也无能为力,但是,根据判断——虽然看不出来——仍然有必要让她不要出房间。值得欣慰的是,第一次去看她的时候,她吃了我给她带的食物。

"又度过了一天。

"当夜幕降临,空气变得寒冷,我开始准备在塔楼度过第二个夜晚——于是我又带了两把步枪,还有一件厚重的大衣。我把枪上了膛放在另一边,不管晚上出现什么怪物,我都需要有所防备。带上足够的弹药,我要让这些野兽记住教训,强行闯入是不可行的。

"之后,我又绕着房子查看了一遍,尤其注意支撑书房门的支柱。我觉得自己已经尽了最大能力确保自己的安全,然后,我就回到塔楼,顺便最后一次去看了我姐姐和佩珀。佩珀在睡觉,不过我进门的时候把它吵醒了,它一眼认出了我,朝我摇摇尾巴。我想它好些了。姐姐还躺在床上，看不出她有没有睡着。于是，我就离开了。

"到了塔楼以后，我在环境允许的范围内，把自己调整到最舒服的状态，然后坐下来观察黑夜。夜幕一点点降临，很快，花园里的一草一木都融入到阴影当中。在最初的几小时里，我警惕地坐着，只要有一丝声音，我就能知道有东西在下面搅动，因为这天实在太黑了，根本看不清东西。

"时间一分一秒过去，没有不寻常的事情发生。月亮升起照亮了花园，显然花园空空荡荡，一片寂静。就这样度过了整个晚上，一点声音都没有。

"早晨快要来临的时候，我开始觉得浑身僵硬冰冷，应该是长时间守夜的关系。但是，一想到怪物如此安静，我就很不自在。我不相信它们不见了，很快，它们就会公然袭击这所房子。至少，我能够感知危险，能够面对它们。但是，像这样等了一整个晚上，想象各种未知的恶魔，会让人神志不清。有那么一两次，我认为它们已经离开了这里，但是，内心深处，我仍然不能相信这是真的。"

第九章
地下室

"最后,由于又累又冷,浑身不自在,我决定到房子里走一走。先是去了书房,给自己倒了一杯白兰地暖暖身子。喝酒的时候,我又仔细把门检查了一遍,发现还是和前一天晚上一样。

"离开塔楼的时候,天刚亮,尽管房子里没有光线,什么都看不清,但我还是点燃了书房里的一支蜡烛,拿在手上。检查完底楼时,阳光微微地透过窗户的栅栏照进房间。检查中没有任何发现,所有的东西都井然有序。正当我打算再检查一遍地下室的时候,蜡烛刚好烧完了。如果没记错的话,遭受袭击的那天匆忙检查过一遍之后,我就再也没有去过那里。

"我迟疑了一会儿。实在不愿意去地下室——我想任何一个人都会这么想——因为这个屋子里的房间太可怕了,尤其是地下室,是最空旷阴森的地方。这个洞穴十分巨大,而且又潮湿,任何光线都无法照进来。但是,我不会逃避,我觉得这么做能够让自己不再胆小懦弱。而且,我一直在自我安慰,告诉自己地下室是最不容易遇到危险的地方,因为它们进来的办法只有一个,就是通过这扇橡木做的沉重的大门,而这扇门的钥匙,我一直带在身边。

"在地下室最小的房间里我藏了酒,那里是靠近地下室楼梯边上的一个阴暗小洞。除此以外,我很少去地下室。除了像上次那样漫无目的的搜寻,我怀疑是否曾彻底地把这里搜查一遍。

"打开大门,我在楼梯口停顿了一下,紧张极了,过了一会儿,一股奇怪的味道扑鼻而来,好像从来没有人来过。我把枪杆举在面前,俯下身，一点一点移动身体，朝着下面漆黑一片的世界走去。

"楼梯走到底，我在那里站了一会儿，侧耳倾听。在我左边，有微弱的水滴声，嘀嗒，嘀嗒，一滴一滴往下掉，除此以外，什么声音都没有。我站在那里，注意到蜡烛静静地燃烧，火焰没有扑闪跳动。这个地方简直一点风都没有。

"我悄悄地把这里的房间挨个检查了一遍。对这里的布局只有一个粗略的印象。第一次来检查的情况已经不记得了。依稀记得在诸多房间里，有一间特别大，它的顶是由支柱支撑起来的，除了这一点，别的记不清了，只记得又冷又暗，到处漆黑一片。然而，现在情形不同了。尽管我还是很紧张，但已经能够镇定下来查看四周，注意到我所进入的每一个房间在外观上和形状上的不同之处。

"当然，借助蜡烛的光线，是不能把每个地方都检查到位的，但是，我还是能够注意到，走着走着，四周的墙变得越来越精湛细腻，每隔几步，就能看见巨大的支柱撑起穹顶。

"最后，我来到印象中最大的房间。通往该处的是一个巨大的拱门，我看了看，察觉到非常怪异的雕刻，在蜡烛照耀下，折射出异样的影子。我站在那里仔细地看着这些，觉得很奇怪，我对自己的房子太陌生了。但是如果你注意到这所房子到底有多大，就会明白其中的道理，而且事实上，只有我和姐姐住在这里，根据需要只用了几间房间而已。

"我把灯光举高，紧贴着右边，走到地下室里头，一点一点向前走，直到走到里面最深处。我脚步放得很轻，一边走，一边小心谨慎地打量着周围。但是，目前为止，光线所涉及的范围内，没有发现任何异常情况。

"走到最高处，我转向了左边，还是紧贴着墙面，然后继续往前走，直到检查完所有的大房子。随着深入，我注意到地板是由坚硬的岩石做成的，上面长了一层霉菌，其他地方光秃秃的，只有薄薄一层灰色的尘埃。

"我在门廊停了下来。但是，我不再继续向前，而是转过身，走向中央，穿梭在支柱之间，一边走一边左右张望。大概走到一半，我踩到了一样东西，发出金属般的声音。我赶紧弯下腰，抓住蜡烛，看看踩到了什么，原来是一个很大的金属环。我低下身子，掸去金属环上的灰尘，这才发现这个环是从一扇沉重的活板门上面掉下来的，由于年代久远已经发黑。

"我非常激动，想知道这扇门通向哪里，于是放下枪，把蜡烛粘在扳机上，双手拿着环用力一拉。活板门咔地一声裂开来了——声音回荡在这个空旷的地方——门被重重地打开了。

"我用膝盖顶着门沿，伸手去拿蜡烛，我把蜡烛拿在手里，在门口左晃晃，右晃晃，什么也看不见。我感到惊讶和不解。这里既没有台阶，也没有曾经有过任何台阶的痕迹。什么都没有，漆黑一片。眼前我一直注视着的可能是一个深不可测、无边无际的井。然而，正当我满怀困惑地凝视着，好像听见不知从井里多深的地方传来微弱的低语。我赶紧低下头，迅速凑到洞口，侧耳倾听。以前听到的声音可能是幻觉，可是，这回我发誓绝对听到了一声轻轻的偷笑，然后变成咯咯的邪恶笑声，轻轻地从远处传来。我吓退了几步，把门一摔，哐当一声，整个地方充满了回声。即使到了这个时候，我好像还是听到充满挑逗的嘲笑声，但是我知道，这次一定是幻觉。这个声音太遥远了，如此微弱的声音一定无法穿透厚重的门。

"我在那里傻站了很久，吓得瑟瑟发抖——紧张地盯着前前后后，但是地下室却和墓地一样安静。慢慢地，我不再感到恐惧。等情绪稳定下来之后，我又一次想知道这扇门背后到底是什么，但是没有足够的勇气去深入调查。尽管如此，有一件事我很确定，这扇门应该锁起来。于是我放了好几块'雕琢过的'石头堵在洞口，这些石头都是在我巡查东墙的时候发现的。

"最后检查了一下其余的地方，我又去了地下室，然后到楼梯口，看到了阳光，我突然感到无比宽慰，终于完成一项艰巨的任务。"

第十章
悄然等待

"在太阳的照耀下，天温暖起来，这与阴暗潮湿的地下室形成强烈的对比。我心情轻松了些许，来到塔楼检查花园的情况。在那里，我发现一切都那么安静，过了一会儿，我去了玛丽的房间。

"我在门前敲了敲门，里面应了一声，然后我就把门打开。姐姐安静地坐在床上，好像在等待什么。她看上去恢复正常了，当我靠近她的时候，也不再企图逃跑，但是我注意到她焦虑地扫了我一眼，一副半信半疑的样子，其实她心里不那么抵触，她知道不需要害怕我。

"我问她感觉如何，她回答得有条有理，说她饿了，如果我不介意的话，想到楼下准备早餐。我迟疑了一会儿，不知道让她出来是否安全。最后，我对她说可以去，前提条件是保证不再企图离开房子，也不再去碰外面的门。当我提到'门'的时候，她脸上突然闪现一丝惊恐，但是她什么都没说，答应了条件，然后默默地离开了房间。

"我来到另外一边房间寻找佩珀。进门的时候看到它醒着，轻轻地叫了一声表示高兴，然后甩了几下尾巴，之后就基本不再动了。我拍了拍它，它想站起来，但是刚一站起来就摔倒，痛得小声哀号起来。

"我嘱咐它要躺好。尽管姐姐的状况不佳，却还对它悉心照料，我很欣慰姐姐如此善良，也很高兴佩珀恢复了那么多。我停留了一会儿，就离开了，回到楼下书房。

"不一会儿，玛丽来了，带着一盘热腾腾的早饭，当她来到我房间的时候，我看到她的目光聚焦在支撑书房门的柱子上，她抿了抿嘴唇，我感觉她的脸色有点变白了，但是仅此而已。她把盘子放在我手边，然后悄悄离开了房间，我叫她回来，她就回来了，但是有一点害怕，好像受到了惊吓，我注意到她的手紧紧抓着围裙，十分紧张的样子。

"'过来，玛丽'我说，'打起精神来！事情变得明朗了，从昨天一大早开始我就没有再看到怪物。'

"她看了看我，一副迷惑不解的样子，好像不明白我在说什么。然后我看到她眼睛里有了神色，还闪过一丝恐惧，但是她什么都没说，就嘴里嘟哝了几句表示默许。之后，也不再说话。显然，任何关于猪怪的话题都超出了她能够承受的范围。

"吃过早饭，我又回到塔楼。早上大部分时间我都在那里，密切注视着花园里的风吹草动。我去了地下室一两次，看望姐姐的情况，每次，我都发现她出奇地听话。的确，后来有几次，她还试图和我说话，并且主动和我说话，有关一些需要注意的家务活。尽管，她和我说话的时候十分胆怯，我还是很高兴，自从那个危险时刻，也就是我碰见她在解除后门的栅栏，企图走出去投入潜伏着的野兽那次之后，这是她第一次主动和我说话。我想当时她是否知道自己所作所为，她自己距离怪兽有多近，但是我觉得最好还是不要和她提起这些问题比较好。

"那天晚上是这几天以来第一次躺在床上睡觉。早上，我很早就起床了，然后绕着屋子走了一圈。看到一切照常以后，我又去了塔楼，检查了一遍花园。这里同样安静得一点声音都没有。

"吃早饭的时候，我遇见了玛丽，看到她又恢复了理智，非常高兴。她可以很自然地和我打招呼，讲话条理清晰，也不大声，只是很小心地回避过去几天发生的事情。在这件事上，我也是迁就她，尽量不让话题朝着这个方向发展。

"早上，我去看佩珀了。它的伤口恢复得很快，有可能再过一两天就可以走路了。吃完早餐之前，我还和姐姐提到了佩珀的情况。在短暂的交谈中，我从姐姐的话语中惊讶地发现，她还认为佩珀的伤是野猫造成的，而这个理由纯属我胡编乱造。我很惭愧，感到自己欺骗了她。但是，这个谎言是出于对她的保护，让她免受惊吓。我想，在野兽袭击了这所房子以后，她一定知道真相。

"那天，我仍然保持警惕。大部分的时间，和前些天一样待在塔楼，但是我一点也没有看到猪怪的迹象，也没有听到任何声音。有好几次，我想这些东西可能离开了我们。但是此前，说真的，我都不敢有这样的念头。然而现在开始，我感到有理由抱有希望。自打我上次见到这些怪物，已经快有三天了，但是，我仍然要保持高度警惕。从目前的情况看来，我觉得这么长时间的安静也许是一种策略，企图引诱我们离开房子——也许正中它们下怀。一想到会发生这样的事，我觉得必须慎重。

"就这样，第四天、第五天、第六天在风平浪静中过去了，我根本没有离开过房子。

"到了第六天，看见佩珀又可以走路了，我很欣慰。尽管还有些虚弱，但是那一天它都跟随我左右。"

第十一章
搜索花园

"时间过得非常慢,也没有任何迹象表明花园里还潜伏着野兽。

"终于,到了第九天,我出击了,如果还有任何危险的话,那么我决定冒一次险。心意已决,我小心谨慎地给猎枪装子弹——选择猎枪是因为它在短距离内比来复枪更具有杀伤力。然后给地面做了最后一次检查,带上佩珀,从塔楼走下去。

"到了门口,我迟疑了片刻。一想到黑暗的丛林里有怎样的东西等着我,我就没办法鼓起勇气坚定决心。不过也就那么一瞬间,随即我就拔出门闩,站在了门口的小路上。

"佩珀跟着我,在门口警觉地嗅气味,沿着侧壁上上下下地闻,好像在跟踪一个气味。突然,它一下子转过身,跑来跑去,一会儿绕着半圆跑,一会儿绕着圆圈跑,总是围绕着门,最后,又回到了门口。在那里,它又开始用鼻子嗅来嗅去。

"我一直站在那里,看着这只狗,但是,始终留神盯着身边花园里的树丛。后来,我走到它前面,低下身子,检查门上它闻过的地方。我发现木头上有交错的抓痕,层层交叠,十分混乱。我还注意到门柱那里有几处被啃咬过。除此以外,就没有任何发现了。然后,我站在那里,准备绕着房子的外墙走一圈。

"佩珀一看到我离开,马上跑在了前头,边走边闻。好几次,它停下来仔细查看。一会儿可能是路上的一个子弹坑,或者也可能是沾着粉末的弹塞;一会儿又可能是一块旧草皮,或者是一片乱糟糟的草地。除了这些零碎的东西,它没有更多的发现。我密切地注意着它,随它走了一路，并没有发现它有不安的表现，这一点说明它没有感知到附近有任何生物。单凭这点，我确定花园里没有东西，至少此刻没有令人厌恶的东西。要想骗倒佩珀没那么容易，而且一旦有危险，它会及时警告我，这让我很放心。

"走到第一个被我开枪打死怪物的地方，我停下来做了番仔细的检查，但是什么都没有看到。我又到另一边墙头倒塌的地方。那天一只野兽正在搬运这块东西，被我一枪打死，石头还在边上，位置没有发生过变化。靠近右边几英尺远的地方，地上有一个大坑，就是砸出来的。而另一半仍然陷在凹坑里——一半卡在里面，一半露在外头。我走过去，更加仔细地看了看石头。多大的一块石头啊！而那只怪物用一只爪子就搬动了它，从底下救出同伴。

"我到比较远的一边。我发现在那里可以隔着几英尺的距离看清楚底下。令我大吃一惊的是，没有看到砸死的猪怪。之前我就猜测一部分尸体被搬走了，但是没想到，所有的都被搬走了，不留一丝痕迹，即使在石头底下，也没有看到任何迹象表明到底有没有砸死它们。我看到好几只猛兽被压在石头下，可以说被压到了泥土里，但是现在，一点蛛丝马迹都看不到——即使是血污也没有。

"我脑海里反复思索，深感疑惑，但是没办法给出一个合理的解释，所以最后我放弃了，把它当作一件没有办法解释的事情。

"从那时开始，我又把注意力转移到书房的门。现在，我可以更加清晰地看到门所承受的巨大压力。看到后我感到十分惊讶，几根柱子怎么能够抵挡得住攻击。门上没有被打击过的痕迹——千真万确，一点都没有——但是，在悄无声息的巨大压力下，这扇门从铰链处开始撕裂。最让我震撼的事情——其中一根柱子直接穿透门板。这已经足以说明这些动物用了多大的力气撞门，而且差一点就成功了。

"我离开那里，继续绕着房子走，没再看到异常。不过在后门，我遇到了从墙上拆除的那根管道，躺在茂密的草丛间，压在一扇破碎的窗户下面。

"最后，我又回到房子里，重新插上后门的门闩，走到塔楼上。我整个下午都在塔楼里看书，偶尔扫视一下花园。我已决定，如果晚上风平浪静地过去了，那么第二天就去天坑看一看。或许，我能够在那里看到究竟发生了什么。白天很快就过去了，然后夜幕降临，就和过去几天一样什么都没有发生。

"第二天起床的时候，天已破晓，晴空万里。我决定将计划付诸行动。吃早饭的时候仔细盘算了一下这件事，然后，去书房找来了猎枪。另外，我又给一把小巧的重型手枪上了膛，然后顺势放进了口袋里。我十分清楚，如果遇到任何危险，将会发生在天坑那个方向，所以应该有所准备。

"离开书房后，我下楼从后门出去，佩珀在前面。一出门，我快速查看了花园四周，然后朝天坑走去。一路上，紧握手枪，保持警惕。佩珀跑在前面，我注意到它没有明显的迟疑，从这一点来看，我预感周围没有危险，随后跟着它的脚印加快了步伐。而此时佩珀已经来到了天坑的洞口，只见它沿着边缘闻了一遍。

"不一会儿，我来到了它的身边，往下察看坑里的情况。一时间，我没有办法相信这和原来是一个地方，简直发生了翻天覆地的变化。两周以前，这里还是一个黑暗的树林峡谷，溪水在叶子遮蔽下缓慢地流淌，而现在这一切都消失了。我只看到一个破败的豁口，一半是浑浊的湖水。峡谷一侧的矮树都被拔光了，露出了光秃秃的岩石。

"离我的左侧不远的地方，天坑好像已经整块倒塌了，在岩石峭壁出口形成一个深深的 V 形裂缝。豁口从峡谷边缘开始几乎一直到水面，贯穿了天坑的侧面，足足四十英尺深。过去开口处至少有六码宽，但从这里开始到下面，好像缩小到两码左右。不过最吸引我的地方不是这个庞大的豁口，而是处于豁口底下 V 字的拐角那里一个硕大的洞口。可以说从外观上看，很容易把它看成一道拱门，然而，由于处于阴影之下，看得还不是很清楚。

"天坑的另一侧，仍然保留了一点绿色的植被，但是这个地方被毁坏得太厉害了，加上到处都是灰尘和垃圾，很难认出就是以前的样子。

"我第一感觉就是发生了山体滑坡，但现在看来，不能解释我所目睹的所有变化。至于水——我突然转过身，因为我意识到，右边有流水的声音。尽管看不见，但是，我一旦注意到，就能轻易地辨认出来，这个声音来自于天坑的东端。

"我慢慢地朝那个方向走去，越靠近声音越清晰，不一会儿，就站在了声音发源地的上方。那时还不知道怎么会有声音,但是我跪下身子,把头伸到了悬崖外面。这下听得更清楚了,而后还看见身子下有湍流的清水,从天坑一侧的小裂缝里喷涌而出,冲了岩石,流入湖底。悬崖更远一点的地方,看见另外一条河流,再远一点,还有两条更小的河流。这些就能解释天坑里怎么会有那么多水。如果岩石和泥土掉落,在底下堵住了溪水的出口,那么很可能就是造成这个情况的原因。

"然而,我冥思苦想,试图解释这番巨变的原因——这些溪水支流,还有大豁口以及深谷上面发生的事情!在我看来,用山体滑坡来解释太牵强。我想到可能是发生了一场地震或者一次大爆炸,从而造成了现在这个局面。但是,这些都没有发生过。我迅速站起来,想起那天听到一声巨响,然后尘云四起,飘入高空。但是,我摇了摇头,不敢相信。这不可能!我听到的一定是岩石和泥土掉落的声音,所以尘埃自然会飘起来。尽管尝试解释,但还是有种不祥的预感,觉得这个理论行不通。难道就没有其他解释能够让这个现象讲得通吗?我检查的时候,佩珀坐在草地上。见我转身走去峡谷北面,它也起身跟了过来。

"慢慢地,我密切注视着各个方向,绕着天坑走了一圈。除了已有的发现,再没新的线索。在西端,我看见四个奔流直下的瀑布。我估计,这些瀑布距离湖面足有五十英尺高。

"我又逗留了一会儿,期间眼观四面,耳听八方,但是仍然没有发现任何可疑物体。整个地方出奇地安静,真的,除了顶端有不停地流水声,再也没有别的声音打破这片宁静。

"这段时间里,佩珀没有表现出不安。在我看来,这表明,至少在这段时间内,周围没有猪怪。目前,它的注意力主要集中在天坑边上的草,到处抓抓弄弄,用鼻子闻闻。有几次它离开天坑的边缘,朝房子方向跑去,好像跟踪看不见的轨迹,但是,每次都在几分钟后返回。我相信它是在追踪猪怪的足迹,只是实际上每次又把它带回了天坑,我认为,这证明野兽们又回到了它们出现的地方。

"中午,我回家吃饭。下午,对花园进行了部分检查,佩珀陪在我身边。但是,我们没有找到任何东西能够表明怪物的存在。

"有一次我们在草丛里检查,佩珀冲进灌木丛,尖叫了一声。我吓得往后跳了一步,拔出枪,随时准备开枪。最后,发现佩珀在追赶一只可怜的猫,我苦笑起来。天快黑的时候,我不再搜索,回到了房子里。就在我们穿梭在右边的一个大灌木丛中时,佩珀跑走了,我听到它嗅来嗅去,号叫着,好像在怀疑什么。我拿着枪杆,拨开其间的树木,往里看,只见有许多折断的树枝,好像某些动物在这里做了一个巢穴,也不知道确切在什么时候做的。我想,这很有可能是在发动袭击的那个晚上,猪怪藏身的一个地方。

"第二天,我重新搜寻了一遍花园,但是,没有任何结果。傍晚,我已经彻头彻尾地检查了一遍,这时知道不可能会有猪怪藏匿在这个地方附近。事实上我经常在想,也许最早的猜测是对的,那天发动袭击以后,它们就离开了。"

第十二章
天坑

"又过了一个礼拜,而在此期间,我大部分时间逗留在天坑的入口周围。几天前我就得出结论,大豁口拐角处的拱形洞是猪怪的出口,它们可能就来自于地球深处某个可怕的地方。这一种猜测到底有多接近于真相呢,我之后才明白。

"也许有一点不难明白,那就是尽管我很害怕,但是仍然怀着极大的好奇心,想知道这个洞口到底通往何处。问题是到现在为止,我还没有认真地考虑过做个调查。我还深陷于对猪怪的恐惧中,不敢主动冒险,害怕遇见它们,哪怕只有一丝可能。

"然而,慢慢地,随着时间的推移,这种恐惧不知不觉地减弱了。所以没过几天,我想也许可以爬下去查看一下这个洞,其实我并没有想象中那么厌恶它。即使这样,我也不想真的把这个有勇无谋的计划付诸实践。因为在我看来,进入那个寂静的洞口必死无疑。但是人的好奇心就是这么固执,所以,到最后,我最大的心愿就是想到那个阴森的洞口里面看一看,究竟藏着什么。

"慢慢地,日子一天一天过去,我对猪怪不再感到恐惧——不过是感觉更像一个不愉快而又难以置信的回忆。

"所以,那一天终于来了,我抛开杂念,从屋里找来一根绳子,绑在豁口的树上,这棵树很粗壮,距离天坑的边缘只有一点点,绳子的另一端顺着裂缝下去,垂到黑洞口。

"我把绳子当作支点,开始小心翼翼地往下爬,直到抵达洞口。我在想自己的行为是不是疯了,但是手里仍然握紧绳子,站在那里往里瞧。只见漆黑一片，什么声音都没有。但是，过了一会儿，我好像听到什么。我立刻屏住呼吸听，却又像墓地一样安静，然后又开始大口呼吸。与此同时，又听到了声音。这次就像费力的呼吸声在靠近，尖锐而低沉。有那么一刹那，我吓得动弹不得。但是过了一会儿声音又消失了，什么都听不见。

"我惊恐地站在那里，脚下不小心踩到一块石子，直直掉入黑暗深渊，发出沉闷的哐当声。一下子，到处响起了回声，重复了好几十下，每次都比前一次轻一些，好像掉了很深很深的地方，遥不可及。当一切又安静下来的时候，我又听到了悄悄的呼吸声。每次我呼吸，都能听到一次。这个声音似乎越来越近，然后又听到其他几声，渐轻渐远。我也不知道为什么自己没有抓住绳子逃离危险，我好像不能动了，大把地出汗，用舌头舔着自己的嘴唇，喉咙也突然变干，我大声地咳嗽起来。然后我听见十几下沙哑的调子，像是一种嘲讽，十分恐怖。我无助地盯着黑洞，但是什么都没有出现，我有一种奇怪的窒息感，然后又干咳起来，这时又响起回声，接着声音消失，非常奇怪，一点一点变成沉闷的寂静。

"我突然想到了，屏住呼吸，然后另外一个呼吸声音也停住了。我再呼吸，那个声音又出现了。这下我不害怕了，因为我知道这些奇怪的声音不是潜行的猪怪发出来的，而是我自己呼吸的回声。

"受到这番惊吓以后，当我拉起绳子爬出豁口时，感到非常欣慰。我太害怕了，不敢想进入黑洞的事，所以就回到屋里。第二天一早，我感到状态恢复了，即使如此，我也没能鼓起勇气检查这个地方。

"与此同时，天坑里的水慢慢涨起来，现在水位距离入口只差一点了。按照这个速度下去，很快，不出一周，就会和地面齐平。我意识到，除非立马调查，否则可能没机会这么做了，水会一直涨下去，最后溢出入口。

"可能正是因为有了这个想法，我的想法有了动摇，决定付诸行动。不管是什么原因，总之，几天后，我做了充分准备站在裂缝上面。

"这一次，我决定不再逃避，直接着手调查。抱着这个目的，我又带了其他几根绳子，一捆用来照明的蜡烛还有双管猎枪，我又在腰带里装了一把重型大手枪，里面上了大号铅弹。

"和上次一样,我把绳子绑在树上,然后用一根结实的细绳把枪系在肩上,慢慢往下爬。佩珀一直仔细看着我的一举一动,见我往下爬,它站起来跑向我,一边叫一边摇着尾巴,看起来像警告。但是我已坚定决心,安抚它躺下,本来想带着它,但是基于现在的情形,几乎是不可能的。当我的脸和天坑边缘齐平的时候,它舔了舔我的脸,用牙齿抓住我的袖子,然后用力往后拉。显然,它不想让我走。不过既然下定决心,就绝对不放弃尝试,我朝佩珀大叫一声,它总算放开了我。我继续往下走,把可怜的老家伙留在上面,它大嚷大叫,像被遗弃了似的。

"我小心地抓着凸出部分往下爬。我知道一不小心就会掉到水里弄湿。

"到达洞口,我放开绳子,把系在肩上的枪解开来,然后看了看天色,注意到一下子乌云密布,我向前走了几步,能够躲避风,然后点燃一支蜡烛。我把蜡烛举过头顶,抓着枪,缓慢向前走,眼睛注意着四面。

"一开始,能听到佩珀凄凉的号叫,它朝我跑过来。随着我向黑暗深处前进,声音变得越来越微弱,最后,有那么一阵子,什么都听不见了。路径通往下面,方向向左。从那里开始,一直朝左边,直到我发现洞口朝着我房子的方向。

"我非常小心地向前移动,每走几步就停下来听。可能已经走了几百码,突然,听到从通道后面传来轻轻的声音。我竖起耳朵听着,心怦怦地跳。声音越来越轻,突然一下子靠近,这下听清楚了,这是湿湿的脚步奔跑的声音。我吓住了,站在那里踌躇不定,不知道前进还是后退,突然一下子意识到,最好退回到右边的石壁,于是把蜡烛举过头顶,把枪握在手里,一边静静地等候,一边咒骂自己顽劣的好奇心,把自己带来这样一个狭窄的过道里。

"我没有等候太久,不一会儿,我从黑暗中的两只眼睛里看到蜡烛折射出的光芒。我举起枪,用右手迅速瞄准,就在那时,什么东西突然从黑暗中跳出来,高兴地狂叫,激起雷鸣般的回声。原来是佩珀。我不知道它是怎么想办法沿着裂缝爬下来的。我紧张地在它的身上搓着双手,我注意到它在滴水,它一定是在跟随我的时候掉入水中,然后轻松地爬出来。

"我等了一会儿，稳定情绪后接着朝前走。佩珀静静地跟随。我既好奇又高兴能有老朋友跟着我。有它在一边陪我，跟在我脚后跟后面，我感到不那么害怕。我知道它的耳朵非常敏锐，在包围我们的黑暗中，如果有不速之客，一旦出现，它都能察觉。

"有一段时间我们走得很慢，因为小路笔直通往房子。很快，我发现我们站在房子底下，这条路把我们带到的地方已经够远了。我小心地在前面带路，又走了五十码左右然后停下来，把灯光举高，还好我这么做了，因为不到三步的距离，这条路就消失了，前面是一望无尽的黑暗，令人十分害怕。

"我极其小心地向前爬，然后朝下看，什么都没有。然后，我爬到左边，看看还有没有路。我发现，靠着墙的地方有一条狭窄的小路，不到三英尺宽，向前延伸。我小心地走在上面，但是没走多久我就后悔了，因为走了几步发现狭窄的路变成了一块岩礁，一边是墙面上坚硬的石头高耸入云，直达看不见的顶端，另一边是断层。我觉得自己非常无助，如果在这里受到攻击，根本没有地方转身，光是枪的后坐力就足够把我扔到万丈深渊里。

"突然前面的小路又变得和原来一样宽了，我松了一口气。我一点一点地向前，注意到小路转向右边，过了几分钟，我发现这条路并不是向前的，而是绕着巨大的深渊在画圆。显然，我来到了这条长廊的尽头。

"五分钟后，我又站在了出发点，绕着天坑走了一圈，这个入口至少有一百码宽。

"好一会儿，我站着陷入沉思。'这些到底意味着什么？'我反复地想着。

"我突然想到一个主意，捡来了一块石头，和小面包条一样大小的石头。我把蜡烛粘在地板里，退回到边缘，跑了一小段路，把石头扔进裂缝里。我的想法是把它扔得尽可能远，不碰到两边。然后我弯下身子爬过去听，但是，相当安静，至少有一分钟，没有任何声音从黑暗中传来。

"那时候，我终于知道这个洞深不可测，石头几乎没有碰到任何东西，如果在这个奇怪的地方碰到了什么东西，一定会有回声久久回荡。

与此同时，我听到了自己脚步密密麻麻的回声。这个地方太可怕了，我很想折回，保留这个荒僻之地的未解之谜，但是这样一来就意味着我被打败了。

"我突然想到，应该去深渊看一看，如果我把蜡烛绕着洞口摆一圈，至少可以大概地看清楚模样。

"我数了一下，带的这一捆蜡烛一共有十五支，最初是想当火把用，最后我绕着天坑入口每隔上十二码插上一支。

"绕了一圈后，我站在过道里，想看看这个地方究竟什么样子，但是我立刻发现这些亮光有多么微不足道，根本没有办法看清里面。我唯独知道了这个入口的大小，尽管我想看的都看不见，但是蜡烛与黑暗形成了强烈的对比，让我的好奇心得到了满足。十五支蜡烛就好像十五颗微小的星星闪烁在地下的黑夜里。

"正当我站在那里，佩珀突然叫了起来，四周响起可怕的回声，每一声都不同，然后渐渐消失。我赶紧举起一支蜡烛，找我的狗，与此同时，听到恶魔般的笑声从天坑的寂静深处传来。我惊呆了，然后才想起这或许是佩珀吼叫的回音。

"佩珀朝走廊走了几步，它闻了闻路上的石地板，我想我听见它拍水的声音。我把蜡烛放低，走过去，又听见我的靴子湿透了，光线照在某样东西上面一闪一闪，流淌过我的双脚，快速朝着天坑流去。我弯下腰一看，大吃一惊。在小路上方某个地方，有一条溪水迅速朝着入口处流去，每一秒都在增大。

"佩珀又发出深长的吼叫，跑向我，咬住我的大衣，想把我往入口方向拉。我有点害怕，甩开了它，快速跑到对面左手边的石墙，如果有什么东西过来，我能够靠在墙上。

"然后，我不安地盯着小路上方望去，蜡烛在远远的上方发出了一道闪光。同时，我意识到一声很轻的吼叫，然后越来越响，最后整个大洞穴都是震耳欲聋的响声。从天坑深处传来低沉而空荡的回声，像巨人的抽泣。我一跃而起，跳到另一侧环绕深渊的狭窄岩脊上，转身看见一大片泡沫迎面而来，激烈地撞进裂缝。一片雾气朝我打来，浇灭了手中的蜡烛，我浑身上下都湿透了。我仍然抓着手里的枪。最近的三支蜡烛扑灭了，但是远一些的只是扑闪了一下。第一下冲击结束后，水流渐渐平缓，变成缓慢的小溪，一开始我看不清，但是当我摸索到一支点燃的蜡烛后，我开始勘测，水大概一尺深。幸运的是，佩珀跟随我跳到岩礁上，现在乖乖地待在我身边。

"我快速检查了一遍，发现水已经冲到了走廊，而且速度非常快。我站在那里的一会儿工夫，水又深了。我只能猜测发生了什么，显然，洞穴里的水通过某种方法冲进了走廊。如果是这样的话，那么还会继续加深，最后我可能困在这里。我十分害怕，如果这样的话，我必须赶快离开。

"我握住枪杆，测试了一下水深。水位就在膝盖下面一点。水流入天坑发出震耳欲聋的声响。然后，我叫上佩珀，蹚入水塘，把枪杆用作拐杖。很快水滚滚而来，淹没膝盖，照这个速度下去，马上就要淹没大腿。有那么一会儿，我连立足点都找不到，但是一想到之后会发生的事情，我立刻拼命挣扎，一步一步进发。

"一开始，我不知道佩珀在哪里，我只是努力迈开步伐。当我看到它出现在我身旁，简直欣喜若狂。它像人一样涉水，因为它是一只大狗，腿和人一样长，我猜它比我更轻松。无论如何，它比我做得好，很快它机智地走到我前面领路，或者说是帮助我抵挡水的冲击。我们艰难地一步步朝前走，喘着粗气，大概走了一百码。突然，说不清是我疏忽了，还是踩到了石头上很滑的地方，我脚底一滑，脸朝下直挺挺地摔了下去。水立刻像瀑布一样溅起，把我朝无底洞里拖去，惊人地快。我疯狂地挣扎，但是根本没有可能找到一个落脚点。我很无助，大口喘着粗气，呛了水。就在那一刻，有什么东西抓住了我的外套，把我带到一个落脚点。原来是佩珀。它一定是看到我不见了，又回来找我，在一片黑暗的混沌之中，它找到了我，抓住我，把我一直拖到可以站立的地方。

"我不能完全肯定当时是否看到了闪烁的亮光，但是这一件事我完全肯定。如果我记得没错，在佩珀把我带到落脚点之前，我一定被冲到了可怕断层的边缘。亮光也只能来自于我留在上面的蜡烛发出的遥远光芒，不过我还是不能肯定这一切，当时我眼睛里都是水，整个人也受到了强烈的冲击。

"没有了枪，没有了亮光，水越来越深，我感到非常混乱。这种情况下我只能完全依靠老朋友佩珀帮助我逃离这地狱般的地方。

"我面对着湍流,可想而知,这是维持现状的唯一方法,即使年迈的佩珀一直支撑着我,没有我的帮助,就算是再无用的帮助,也不能抵挡这可怕的力量。

"接下来的一分钟,正是千钧一发之时,慢慢地,我又重新走上了曲折的道路,然后开始和死亡做冷酷的斗争,我多么希望能够最后取胜。我一点点拼命挣扎,几乎是毫无用处。而忠实的佩珀却一直拖着我向上爬,直到最后,我看到头顶上有一丝神圣的微光。那是入口。我又爬了几百码终于到了入口,此时,水汹涌地沸腾着,拍打着我的腰。

"现在我明白这场灾难的原因了。外面下着大雨,简直是山洪。湖水表面和入口的底部齐平,不!不只是齐平,已经超过入口了。显然,雨水淹没了湖面,使湖水提前上升,如果按照正常速度,还需要好几天才会淹没入口。

"幸运的是,我爬下去用的绳子流进了入口,漂浮在涌进的水上。抓住绳子一端,我牢牢绑住佩珀的身体,然后用尽全身最后的力气往上爬,我开始沿着悬崖一侧爬。我爬上天坑边缘的时候,已经筋疲力尽,但是,我必须再努把力,把佩珀拉到安全的地方。

"几乎耗尽全力,我慢慢地拉动绳子。有那么一两次眼看我就要放弃了,因为佩珀分量太重,我已经累得一点力气都没有了。但是,如果放手就意味着这个老家伙的死亡,这个念头激励我生出更多力气。最后怎么样我已经记不清了。我只记得我一直在拉,时间过得出奇地慢,我还记得不知道过了多久,终于看到了佩珀的嘴巴和鼻子露出了悬崖。然后,所有一切都黑了。"

第十三章
大地下室里的陷阱

"我想我一定是晕倒了,因为接下来我所记得的事,就是睁开双眼,发现眼前一片昏暗。我仰面躺在地上,一条腿蜷缩在另外一条下面,而此时佩珀在一旁舔着我的耳朵。我感觉僵硬极了,膝盖以下都毫无知觉。我在地上晕乎乎地躺了好一会儿,然后慢慢地挣扎着坐起来,察看了一下四周。

"雨已经不下了,但是树上还凄凉地滴着雨。天坑下面传来了阵阵湍流不息的水声。我冷得打颤,衣服湿透,浑身疼痛。慢慢地,僵直的腿恢复了知觉,过了一会儿,我试着站起来,试了两次才成功,走得摇摇晃晃,极其虚弱,可能是要得病了。我跌跌撞撞地走向屋子。脚下打飘,头还是晕乎乎的。每走一步,腿就会钻心地痛。

"大概走了三十几步后,佩珀叫了一声吸引了我的注意。我身体僵直地转向它。老伙计想要跟上我,但是我系在它身上的绳子还没解开,绳子还绑在树上,它就没法向前走。身体还很虚弱没力气,我摸索着绳子弄了好一会儿,可是绳子湿了后就变硬了,我根本打不开。我想起了身上有把小刀,立马就割开了绳子。

"我不知道怎么回家的,也不知道之后的几天发生了什么。唯一确定的就是,若不是姐姐悉心的照料,此时此刻我就不可能在这里写下这一切。

"等我完全恢复知觉时已经过了将近两个礼拜了。又过了一个礼拜我才可以在花园里正常走动。可在那时,我还不能走得太远去天坑那里。本来想问问姐姐当时水涨得有多高,但我觉得最好还是不要和她提这件事。自那以后，我就再也不和她说在这古老的大屋子里发生的离奇事了。

"直到过了几天之后，我才能去天坑。发现在我病的几周里，那里发生了巨大的变化。分成三块的峡谷不见了，却有一大片湖在那儿，水面平静，清冷地反射着光。水面上涨了不少，离天坑的边缘只有五六英尺了。只有一小部分湖面起了波澜，在寂静的水面下，那儿正是地下坑穴巨大的入口。那里冒出一连串水泡，底下经常还会涌出潺潺水流，如同呜咽般，十分奇特。除此之外，就不知道湖底藏着哪些东西了。我站在那儿，发觉事态变得如此奇特。猪怪出来的入口已经封死了，这让我安心，不用再因那些怪物担惊受怕了。我有种感觉，我再也无法知道怪物来自何处，入口已经永远封闭了，再也不能满足我的好奇心了。

"奇怪，对于这幽灵般的地下洞穴，称它为天坑竟然极其贴切。有人会想知道这个名字从何而来，何时而来。当然，看了峡谷的形状和深度，人们就会自然而然地称它为'天坑'。不过，有人可能会猜测，有没有这种可能，它的名字有种更深的含义，暗示在这座老房子下面暗藏着一个更大的天坑？就在房子下面！就算现在，我觉得这个想法既奇怪又可怕。无疑，我已经证明，天坑就在房子的右下方，正中间的某个地方，巨大坚固的岩石拱顶就在它上面，给予了它支撑。

"发生了这些事，我就有必要去下这个巨大的地下室，陷阱就在那里，看看一切是否和我离开时一样。

"到了地下室，我慢慢地走向中间，一直走到了陷阱那里。和我上次看到的一样，上面堆砌着石头。既然带着油灯，那现在就是一个绝佳的时机，探究这大橡木板下的一切。我把油灯放在地上，翻开陷阱上的石头，抓住圆环，一把推开门。这时，从底下远远地传来轰隆声，充斥着整个地下室。同时，一股潮气扑面而来，伴随着一阵细雾。我匆忙地离开陷阱，既好奇又害怕。

"我站着，迷惑了一阵儿，却一点儿也不感到害怕。猪怪曾经带给我的恐惧早已淡去，不过我极其不安、吃惊。我突然想到了什么，把笨重的大门竖着提起，跪下来抓住油灯掷向陷阱的入口。瞬间，水汽细雾逼入了我的双眼，好一会儿都看不见东西。当我眼前再次清晰时，除却黑暗和盘旋的雾气，我什么都看不出来。

"我总算明白了,试图辨认周遭事物根本是徒劳,因为亮光的位置太高,于是我摸了摸口袋,里面有段麻绳,用绳子可以把灯再往下伸一点,更靠近豁口。我在摸索时,油灯从手上滑落,坠落进了黑暗处。一刹那,看到它掉下了,光线照亮了翻滚的白沫,离我下面约有八、九十英尺。接着它就不见了。我快速的推断是正确的,现在我知道了水汽和声音的来源。巨大的地下室和天坑正上方的陷阱相连,水汽就是那些细雾,是从湖面而来,落到深处去。

"霎时,我弄明白了曾经困扰我的事。现在,我能理解为什么在第一次猪怪入侵的夜晚,声音好像就是从脚底下传来的。还有,我第一次打开陷阱时,听到的咯咯笑声。显然,当时一些猪怪就在我下面。

"我还想到一件事。猪怪都被淹死了吗?它们会被淹死吗?我记得找不到任何踪迹证明把它们一枪击毙了。它们是有生命的还是一群鬼怪?当我站在黑暗中摸索口袋中的火柴时,脑中闪现了这些想法。我手中拿着火柴盒,划了一根火柴,走向陷阱的门,关上它,把石块堆上去,从地下室走了出来。

"我猜水流继续在那个深不见底、魔鬼般的天坑轰鸣流淌。有时,我有种说不出的冲动想去那个巨大的地下室,打开陷阱,窥探那无法穿透、湿答答的黑暗之境。有时候,这股冲动越演越烈,不仅仅是一种推动我的好奇心,而更像一种难以名状的影响力在作祟。不过我再也没有去过,就算我有种邪恶的想法,想要毁灭自己,我仍试着抑制这股奇怪的欲望,击垮它。

"觉得有种无形的力量在操纵着这一切,这种想法似乎毫无根据。但是,直觉告诉我,事实并非如此。在这些事情中,我似乎更相信直觉而非理性。

"最后,有个想法盘旋在我脑中,越发的强烈——那就是我住在一个非常奇怪、诡异的房子里。我想知道住在这里是否明智。不过如果我离开的话,我能去哪儿,依旧孤单无比,觉得她还在我身边[1],这种感觉能让我安度余生吗?"

---

1 这个插入语显然毫无意义。我无法在手稿中找到之前对于这件事的任何参照。不过随着故事情节的发展,答案会显而易见。

第十四章

睡海

"我日记中记录下的事件之后很长一段时间,我都在认真考虑离开这间屋子,本来也可以这样做,但是我接下来要写下的这件惊奇的事还是让我留了下来。

"我心里十分清楚,留在这里,尽管会有这些未知、无法解释的事件、景象,可如果我不待在这儿,我就再也不能看到我深爱的那个她。是的,尽管没什么人知道,现在只有姐姐玛丽知道这件事,我曾经爱过她。啊,我——失去了她。

"我今后会写下曾经的甜蜜时光,可是这就像揭开旧伤疤那样痛苦,不过发生那些事情后,我还有什么可担心的呢?因为她从那些未知的地方来到了我身边。奇怪的是,她严重警告我小心这栋屋子,恳求我离开,但是当我问她时,她承认如果我去了其他地方,她就不能来找我了。不过,她还是强烈警告我,告诉我这个房子很久之前就按照死守的规则给了魔鬼,没有人知晓这一切。我——我又问了她,能不能跟我去其他地方,她只是站着,一言不发。

"因而我就这样来到了睡海——我们亲密交谈时,她这么叫的。我待在书房看书,看着看着就睡着了。突然,我猛地一下子醒了,坐了起来。我看着周围,略带迷惑,发觉有些不同寻常。房间里面雾蒙蒙的,桌子、椅子、各种家具都有种柔和感。

"渐渐地,雾气加重,变浓,好像是无缘无故地冒出来。慢慢地,柔和的白光开始照亮了房间。烛光穿透白光,发射出惨白的光线。我从一边看到另一边,发现还是能看到每个家具。但是看起来十分奇怪,不太真实，更多的仿佛是看到了桌子、椅子的灵魂，占据了原先的物体。

"渐渐地，当我看着它们时，发现它们不断淡去最后慢慢消失了。现在我又看了下蜡烛，火光惨白，越发虚幻，最后熄灭。房间里充斥着柔和的白光，好像轻柔的光雾。除此之外，我什么都看不到。连墙也消失了。

"现在我意识到，一种微弱、连续的声音穿透了周遭的寂静。我凝神倾听，声音越来越清晰了，我听到了大海的浪花声。不知道我走了多远，过了一会儿，好像能看透这片雾气，渐渐地，我意识到我站在了广阔寂静的海岸边。海岸平滑狭长，从我的两侧无限延伸。在我面前，流淌着一片广阔、沉睡的海洋。好像我时不时地在海面下能看到微光，不过我不太确定。在我身后，矗立着高耸、荒凉的黑色悬崖。

"头顶是清一色灰蒙蒙的天空——整片土地都被一个巨大的浅色火球照亮了，火球在水平面上方一点的位置，在平静的海面上投射出泡沫般的光芒。

"除了海浪的潺潺声，就只剩下强烈的寂静感。在那儿我待了好一会儿，眺望周遭的奇诡之事。在我注视的时候，好像有白色泡沫从底下浮了出来。虽然我现在都不知道它是怎么冒出来的。我看着，不，看透了她的脸庞——啊！透过了她的脸庞——直达她的灵魂；她也回过头看着我，悲喜交加。我盲目地跑向她，向她奇怪地哭泣，交杂着回忆、恐惧和希望的痛苦侵袭着我。虽然我在哭，她只是站在海面上，悲伤地摇摇头，但是在她眼中充满了旧时的温柔，我知道我们之间分离的时光横亘着、阻挡了一切。

"她倔强的样子让我变得绝望，想要涉水去找她，虽然我可以这么做，但我却无法做到。无形的屏障把我击退，我不得不待在原地，全心全意地向她哭喊，'噢，亲爱的，噢，亲爱的——'但是我只能饱含深情地说这些。听到这，她轻盈地到我这边来，摸着我。好像天空也打开了。但是当我伸出手时，她用她柔软的小手坚决地推开了我，令我羞愧无比——

"……泪流满面……耳朵里充满了永恒的声音，我们分开了……我爱的那个她。噢，我的老天爷！……[1]

---

[1] 手稿的这一部分已被损坏，无法辨认，下面是能看清楚的文字碎片。

"我迷迷糊糊了好长一段时间，发现黑夜中只剩我一人。我知道我又回到了熟悉的宇宙。现在，我从无垠的黑暗中出来，处在星星中……无限的时间……遥远的太阳。

"我进入了太阳系和外太空中间的深渊。当我穿越那片分离的黑暗之境时，我一直在观察太阳在不断变亮变大。我一回头看星星时，发现它们在移动，正如它们在我清醒时，在广阔的黑夜下，快速移动，同样我的灵魂也在迅速漂移。

"我正在不断靠近太阳系，现在我能看到木星的亮光了。之后，我能分辨出地球冷酷的蓝色光芒……我有点迷惑。太阳周围尽是在轨道上快速移动的明亮物体。里面靠近太阳荒凉光芒的地方盘旋着两个光点，远处有个蓝色的光点在闪烁飞舞，我知道那是地球。它仅仅以地球上的一分钟就能环绕太阳一圈。

"……越近的地方速度就越快。我看到木星和土星闪烁的光芒，在巨大的轨道上高速旋转。我再靠近时，我看到了一个异象——我能明显地看见星球绕着太阳旋转。仿佛时间已经为我静止，对于我脱离肉体的灵魂而言，一年只不过为尘世上的一刻。

"行星运转的速度好像在加快；现在我再看太阳，它周身环绕着不同颜色的火光，纤细如发丝——每个行星的轨道，高速地猛冲向当中的亮光……

"……太阳变得巨大，好像它要跳在我身上……现在我在外行星旋转的中心，快速地飞掠过去，转向地球，它穿透蓝色的轨道发散光芒，好像火焰般的迷雾，飞速地包围了太阳……[1]"

---

[1] 仔细审视，仍旧无法辨认手稿中损失的部分。从"黑夜里的声音"这章开始字迹清晰可读了。

第十五章
黑夜里的声音

"在这间神秘的屋子里,一连串的古怪事儿在我身上发生了,而现在遇到的这桩事是最离奇的。事情是这个月发生的,就最近,我非常肯定我看到的实际上是一切事情的终结。但是,这只是对于我的故事而言。

"我不知道怎么会发生的,但是到现在为止,事情发生后,我还不能把它们写下来。似乎我得等一会儿,恢复下,好好把我的所见所闻理一理思绪。的确,我确实应该这么做,在等待的过程中,我觉得这些事件越发地真实,需要我更为平静、公正地记录下来。顺便就这样说一下。

"现在是十一月底。我的故事是发生在十一月的第一个礼拜。

"那天是晚上十一点。佩珀和我在书房互相做个伴——就在我读书工作的旧房间里。我饶有兴趣地读着《圣经》。这些天,我开始对这本伟大的古书产生了浓郁的兴趣。突然,我很明显地感到房子摇晃了一下,远方传来一阵微弱的嗡嗡声,突然就变成了模糊的尖叫。这让我想到了松开时钟上面的搭扣,落下时发出的奇特声响。声音好像是从远方一个高处传来的,好像在黑夜里的某个地方。再也没有任何震动了。我看向佩珀,它睡得很安详。

"渐渐地,嗡嗡声减弱了,陷入了长时间的寂静。

"突然,一束光照亮了窗尾,光线向房子外面延伸,可以看到东边和西边。我感到迷惑,犹豫了一会儿,穿过房间,拉开百叶窗。一下子我就看到太阳从地平线后面缓缓升起,不断上升。在一分钟里,它似乎到达了树顶，我就是在那儿看日出的。它在不断地上升，上升，现在已经是大白天了。我意识到在我身后有种尖锐的如蚊子般的嗡嗡声。我往周围看了一圈，知道那声音是闹钟发出来的。我看的时候，它已经走了一个小时。分针绕着表盘走，速度比任何平常的秒针都走得快。时针走得极快，从一个刻度飞快地转到另一个刻度，对此我并不感到惊奇，早已麻木。过了一会儿，两根蜡烛好像一起熄灭了。我马上转向窗户，看到了窗框的阴影从地板向我这里移动，好像有人拎着一盏大灯从窗边经过一样。

"我现在看到太阳已经升到天空中，还在明显地移动。太阳已经在房子上面，好似风帆一般移动。太阳渐渐西沉时，我看到了另一件奇事。天气晴朗，云朵竟然不能轻松地移穿过天空——它们在奔跑，好像有时速一百英里的大风在吹赶着。云朵经过时，在一分钟内就有千变万化，好像在奇异地盘旋着，随即就消失了。现在，其他的云朵过来了，以同样的方式淡去了。

"在西边我看到太阳轻盈曼妙地降落了。在东边，所有能看得到的事物都将阴影投向了即将到来的灰色之境。我看见影子在移动——强风吹打着树木，树影在隐秘地向前翻滚着，奇特的景象。

"很快，房间开始变暗了。太阳滑向了水平面，好像突然就从我的视野中消失了。透过灰色的夜空，我看到银色的月牙儿从南边的天空升到了西边。好像从傍晚一下子就到了夜晚。在我头顶上，星星奇异地向西旋转，悄无声息。月亮穿透了几千英寻[1]的夜空，只剩下了星光……

"这时，角落里的嗡嗡声停了，我知道闹钟不走了。过了几分钟，我看到东边的天空变亮了。灰色、阴沉的早晨铺满了所有的黑暗之境，把所有向前移动的星星都盖住了。头顶上，一大片融合在一起的乌云在不断沉重地移动——天空布满了云朵，这一天内天空好像静止了。我看不见太阳，但是时不时地，世界会在光影间微妙的涌动下，忽暗忽明，忽明忽暗……

"光线转向了西方，夜晚降临到了地球。好像将会下一场大雨，一分钟内就狂风大作——好像整夜都在刮大风。

---

1 海洋测量中的深度单位，标准说法叫寻。1 英寻＝2 码＝6 英尺＝72 英寸＝1.8288 米。——译注

"狂风一过,云朵立马就散开了,我又能看到天空了。星星急速地向西边飞翔。虽然风声渐停,我第一次感到耳中不断地有种模糊不清的声音。因为我已经注意到了,意识到其实我一直都听到了这种声音,这是世界的声音。

"当我意识到这些事时,东边又有了亮光。几秒钟之后,太阳迅速地升起了。透过树木,我看到了太阳已经在树木上方了。上升——上升,不断地向上升起,照亮了整个世界。它迅速地升到最高处,向西边落下。我看到白昼在我头顶上旋转。几片轻盈的云朵向北边飞去消逝。太阳敏捷地俯冲下去,几秒后,黄昏出现了,天空在变灰变暗。

"月亮由南往西迅速地落下。夜幕已经降临。好像过了一分钟,月亮落在了广阔的夜空中。大概又过了一分钟,黎明照亮了东边的天空。太阳突然跳到了我面前,吓了我一跳,更为迅速地升到了顶端。接着,我立即看到了一件新事物。黑色的乌云从南边跳出聚集在一起,转瞬间,在天空中飞跃了一个弧度。我看到云朵的前端拍打着,如同一块在天空中的大黑布,快速地旋转起伏,令人惊恐。立刻,下起了大雨,无数的雷电如同洪水般倾下。同时,世界的声音淹没在大风的呼啸中,在响彻的雷声下,我的耳朵感到生疼。

"夜晚在风暴中来临了。在接下来的一分钟里,风暴走了,可是耳中模糊的声音还是不断。在头顶上,星星迅速向西边滑去。可能正是它们移动的速度第一次让我感知是世界在旋转着。我好像能立即看到宏大、黑暗的世界在星空下清晰地旋转着。

"黎明和太阳也似乎一起出现了,世界旋转的速度变快了很多。太阳以狭长稳定的曲线上升,经过最高点后往西边的天空下降、消失。我几乎感觉不到夜晚如此地短暂。接着我看到飞逝的星星以及向西加速移动的月亮。几秒内,月亮好像快速穿透夜空下滑消失。紧接着就是到早上了。

"现在时间似乎在奇特地变快。太阳在天空中一扫而过,在西边的水平面消失,紧接着夜幕迅速降临。

"第二天到了,接着又过去了,我意识到下雪了,一下子就落到了地上。夜晚到了,立刻就到了白天。太阳转瞬出现,雪化了,又到了晚上。

"尽管我看到了很多惊奇的事,但是最令我吃惊的还是经历的时光。几秒内就能看到日升日落,紧接着就是苍白不断变大的月亮跳到了夜空中,穿过巨大的蓝色天空,迅速滑落。现在,看到太阳紧随其后,从东边的天空升起,好像在追赶月亮似的。接着又是夜晚,星星快速、幽灵般地滑过,目不暇接难以相信。但是事实就是如此,白天从黎明到黄昏,夜晚又转向白天,越来越迅速。

"太阳最后的三段路程经过了大雪覆盖的土地,在晚上月亮迅速升降的光线下显得十分怪异。但是现在,一大片摇摆的、铅白色的云朵遮住了天空,白天和黑夜在交替,时隐时现。

"云朵起伏不定,消失了,我再一次看到太阳迅速升起,夜晚来到又如影子般离去。

"世界旋转得越来越快。现在每个日日夜夜都是在几秒内完成交替,速度还在变快。

"一会儿,我发现太阳后面似乎有串火光。很明显,这是由于太阳迅速地穿越天空所致。白昼加快时,每一天都在越发加快,太阳如同一颗巨大、发出火光的彗星时不时地穿越天空。在晚上,月亮出现了,更像一颗彗星[1],苍白、清晰,快速移动如同火花,冷酷的火焰发出拖曳的光束。现在星星就好像火花在黑暗中散发出如发丝般的光线。

"我从窗户边转过身,看了看佩珀。在飞逝的时光中,它安详地睡着,我再次转过身观察着。

"太阳现在如同一个巨大的火箭从东边的水平线蹦出来,从东边冲到西边好像只用了一两秒。我再也看不到云朵穿过天空,似乎云朵已经遮住了某些地方。简洁的夜晚好像退去了夜色,星星在飞逝,发丝般的火花变得暗淡。星星的速度在变快,太阳开始在天空中慢慢地摇晃,从南边到北边,再慢慢地从北边到南边。

"当我内心纳闷疑惑时,时间在飞逝。

"这段时间佩珀一直在睡觉。现在,我感到寂寞、心烦意乱,柔声呼唤它,但是它没反应。我又稍微提高了嗓门叫了它,它还是没动。我走向它躺的地方,用脚踢醒它。虽然我动作很轻,但是我一碰到它,它

---

[1] 隐士把这作为例证,显然是当时流行的彗星说法。

就化为了碎片。千真万确,它真的化为了一堆骨头、一堆灰烬。

"我盯着曾经是佩珀的灰烬盯了大概一分钟,震惊了。发生了什么事?我自问道。我一下子无法理解那一小堆灰烬意味着什么。我用脚搅了搅那堆灰,突然想到只有在漫长的时间里这种事才会发生,过去了很多年,真的很多年。

"屋外,交错摇曳的光线操控着世界。屋内,我试着去理解摊在地上的一小堆灰烬、骨头意味着什么。但是我没法连贯地思考。

"我扫视了房间一圈,第一次发现这个地方看起来无比的陈旧,铺满了灰尘。到处都是灰,角落里积满了灰,家具上也是。地毯上积的灰尘太多了,几乎看不出那是地毯了。我每走一步脚下就会扬起灰,鼻孔里充斥着干燥发苦的味道,令我呼吸不畅。

"当我的视线再次落到佩珀的遗体上时,我突然呆住了,发出了迷惑、质问的声音,是不是真的已经过去了很多年?我看到的到底是不是真的?我停顿了下,又想到一件事。我想快步走,但是第一次发现,我的步子在打颤。我穿过房间走向穿衣镜想要照一下。镜子表面都是灰,照不出任何东西,我开始用发颤的手抹去灰尘。现在,我能看到自己了。我的想法得到了肯定。曾经那个看起来不到五十岁,强壮的男人已经不见了,现在我看起来完全就是个驼背的老头子,肩膀塌下来,脸上布满了褶子,看起来有百来岁了。几个小时前,头发还是差不多乌黑的,现在变为银白色了。只有双眼依旧明亮。渐渐地,我发现现在的样子和以前完全判若两人。

"我转过身,步履蹒跚地走向窗户。我知道现在我已经老了,颤抖的步子证实了这一点。周围的景象在不断变化,我盯着这些模糊的景象看了一会儿,心情烦闷。就那么一小会儿,已经过了一年,我感到烦躁,离开了窗户。当我这么做的时候,我发现我的手因为年纪大了止不住地发抖,不禁抽泣了起来。

"我在窗户和桌子间颤颤巍巍地走动了一会儿,看看这儿看看那儿,心神不安。这个房间怎么破败成这样。到处都积着厚厚的一层灰,死气沉沉的,黑色的灰。围炉周围全都生锈了,铜制的钟锤是用链子绑好的,链子早就已经锈掉了,现在钟锤躺在了地板下面,成了两根铁锈棍子。

"我环视了一周,发现房间里的家具正在不断腐烂。对我而言,这并不是幻觉,因为在侧壁,书架的木头裂开烂掉了,架子猛地倒在了地上,房子里布满了灰,令人窒息。

"我累坏了。每走一步,就能听到我干涩的关节发出的咯吱声。我想知道我的姐姐是否像佩珀那样已经离去?所有的事情都发生的太突然了。所有事情都终结了,但这只是开始。我想去看看她,但是我累得不行。最近她对这些事感到很奇特。最近!我重复道,无力地笑了——十分忧伤,我意识到我说的时间已经过去了五十年了。五十年!很可能一百年了!

"我慢慢地走到窗边,又看了下世界。此刻,用巨大的闪烁之光来描述日夜间的交替再恰当不过了。每时每刻,时间在不断加快,以至于我在晚上看到的月亮只不过是一道苍白的光束扫过的样子,从一束光线变成了一段模糊的路径,接着再次减弱,有规律地消失了。

"日夜间的闪烁交替加快了。白天在明显地变黑,空气里弥漫着一种怪异的灰状物。黑夜更亮了,几乎看不见星星了,除了偶尔出现的发丝般的火光,在月光下晃动。

"现在天空越来越黑,一大片阴暗之色袭上蓝空,如同巨大的黑色从中穿过笼罩了地球。但是其中还有一片虚空之境。怪异、明亮。我会时不时地看到鬼魅般的火光朝太阳的光芒挥舞,消失,再重现。在月光下几乎看不见了。

"往外看,我又发觉模糊的'闪光'要么是太阳光束大幅度摇摆产生,要么就是地球表面迅速变化而致。每一次似乎都突然下雪,马上就化了,好像有个无形的巨人把一片片纸片'撒'向地球。

"时光飞逝,身上的疲劳感越发难以忍受。我离开窗户,穿过房间,厚厚的积灰湮没了我的步伐。我越走越吃力。关节、小腿痛得受不了,一边走着,一边感到一种不确定的疲劳感。

"我虚弱地靠在对面的墙上,停了下来,依稀想知道我的目的是什么。往左边看到了我的旧椅子。我想在上面坐会儿,这个想法为我迷惑的痛苦带来了些许安慰。但是我太过疲累、衰老,我唯一有兴致做的就只是站着,希望自己能走过这几码路。站着的时候身体在摇晃。地板似乎也是个休息的地方。但是灰尘太厚,脏兮兮,死气沉沉的。我打定主意转身走向椅子,坐了下来,谢天谢地。

"发生在我身上的所有事显得越来越悲观。这些事情都太奇怪了,根本难以想象。昨晚,我还是个相当强壮的男人,虽然有点上年纪了,现在,只不过过了几小时而已!我看着那一小堆曾经是佩珀的灰烬。只是几个小时!我无力地苦笑着,笑声尖锐,将迷茫的我拉回了现实。

"我假寐了一会儿,突然睁开了眼睛。穿过房间的某个地方,有个东西掉下来发出了闷响。我模模糊糊地看到在废墟上盘旋着一大堆灰尘。走到靠近门的地方,又有一个东西跌落了。应该是一个碗柜吧,我累了就没怎么注意。闭上眼,坐在那儿半睡半醒。有那么一两次我听到了微弱的声响,好像有东西从厚厚的积灰中出来了,我一定是睡着了。"

第十六章
觉醒

"我突然醒了。我想了一会儿我在哪儿，接着我记起来了……

"房间里还亮着奇怪的光，日光和月光交杂着。我感到精神恢复了，身上的疲惫、疼痛也消失了。慢慢地走向窗子往外看。在头顶上，火焰之河上下窜动，从北到南，半圆形的火光在飘舞。我突然想到即将到来的时光就像一把巨大的雪橇将过去的岁月推打走了。时间已经过得飞快，已经感觉不到太阳从东边升起，在西边落下。唯一明显的移动就只是阳光在南北间跳动，极其轻盈，最好称之为颤动。

"往外一瞥，我突然断断续续地记起来在外太空的最后一次路程。我记得突然看到的景象，靠近太阳系时——掌控时间的机制好像停滞了，宇宙可以永恒地停止，一会儿或是几小时。我能记得的就这些，但是我明白了些，我能够看到未来的时空。我再次凝视太阳光束的颤动。在我看的时候速度好像在加快，过去了几生几世。

"我突然想到一桩严肃的事，我还活着。我想到我为什么没有遭遇和佩珀一样的命运。它已经到了生命的终点离去了，很可能就那么几年。在我有生之年之后又过了几百年，我还在这儿，仍然活着。

"有那么一会儿，我迷茫了。'昨天——'我立马停下了。昨天！根本没有昨天。我说的昨天已经淹没在无尽的岁月中。我越想越困惑。

"现在，我从窗户转过来，扫视了下房间，看起来好像不一样了——奇怪的是面目全非了。我知道正是因为房间里空空如也显得奇怪，一件家具也没有。渐渐地，我感到很震惊，这就是事物破败时必经之路，这是在我睡着前眼皮底下发生的。过去了几千年！几百万年！

"地板上铺满了一层厚厚的灰，窗座上都积了一半。当我睡着时，灰尘在无限地增加，代表了无数的岁月。毫无疑问，腐败的家具组成了这堆灰烬，这其中某处，还有早已死去的佩珀。

"突然，我发现醒来后我对这些膝盖高的灰烬毫无印象了。的确，当我到达窗户时，已经过了很多年。但是和我睡着时消失的无数时光比起来，这根本不值一提。现在我记得我坐在旧椅子上睡着了。椅子消失了吗？我瞥向椅子在的地方。当然，现在看不到任何椅子了。我无法相信到底是在我睡着前还是醒来后消失的。如果椅子在我身下腐烂，我应该在它塌下时会醒过来。我记得地板上铺满的厚厚灰尘，已经缓冲了我的跌落。所以一切都有可能，我在灰尘上睡了一百年，也许更久。

"脑中飘过这些想法时，我又不经意地瞥向了椅子原来在的地方。我第一次发觉在从那里到窗边的灰尘上找不到我的脚印。但是我醒来后已经过了这么多年——成千上万年！

"我再次沉思地望向椅子原来在的地方。突然我盯着灰尘堆看着，就是原来放椅子的地方，很明显我知道那是什么了。我知道——想到这儿就忍不住打颤——那是具人的尸体，躺在我曾经睡着的地方的下面，已经死去了很多年。尸体向右躺着，背朝我。我能辨认出每一个轮廓，每一条曲线，在黑色的灰尘中软化腐烂了。模糊不清，我想要知道它为什么会在那儿。我开始越来越疑惑，尸体躺着的位置应该就是椅子坍塌时我摔下来的地方。

"我脑子里开始有一种想法使我感到震撼。这个想法似乎很可怕，说不通，但是这个想法越演越烈，我已经很肯定了。衣服下面那具灰尘覆盖的躯体正是我死去的躯壳。我不想证实这点。我现在清楚我自始至终都不知道这一点，我是没有肉体的。

"我站了一会儿，试着调整下我对这个新问题的想法。我不知道到底是过了几千年，现在周遭非常安静，我注意观察发生在我周围的事。

"现在，我看到那堆灰塌下去了，和铺散开的灰一样平整了。而且在其上面已覆盖了新的原子。我从窗户边转过身来，站了一会儿。世界在向将来前进推动，我变得越发镇静了。

"现在，我开始研究这间房间了。即使是这间奇怪的老房子，时间之手也已经开始了无情的摧残。这间房子历经多年，我发现和其他房子不一样。不知怎的，我想我没考虑到房子开始腐坏了。但是，哎呀，我不应该这么说。我对这个思考了一段时间后，我才真正意识到，这间房子已经年代久远，就算石头是从采石场挖来的，时间也足够把房子的基石磨碎。没错，房子已经开始衰败了。墙上的石膏都脱落了，门框也早就掉下来了。

"当我在沉思的时候，菱形窗玻璃上掉下来一小片玻璃，轻轻掉在身后窗台的灰尘上，碎成了粉末。我从沉思中回过神来，看到外墙的石头当中有一道光。很明显，墙上的灰浆已经在掉落。

"过了一会儿，我又转向窗子，盯着外面看。我发现时间的速度变得飞快。太阳光的侧面迅速地颤动，半圆形的火光不断跳动、融合，最后消失在纸片般的火焰中，火光照亮了从东到西大半个南部的天空。

"我从天空看向了花园，里面有一摊模模糊糊、脏兮兮的浅绿色草地。我发现草比以前长得更高了，更靠近窗户了，就好像它们自发地把自己拉长了。但是它们离我还是有段距离，因为天坑的入口处有岩石，向上拱起了一大截。

"后来我才发觉花园里曾经一成不变的颜色有了变化。脏兮兮的浅绿色变得越来越浅，接近白色了。最后，在一大片范围内，草地变成了灰绿色，并且保持了一段时间。但是最终，灰色开始变淡，就如绿色变化的那样，变成了苍白色，之后就一直没变过。看到这我知道了，最后整个地球北部都下雪了。

"时光过去了几百万年，趋向永恒，趋向终点——在过去的时候，我认为终点是很遥远的，只是模糊地推测过。现在，终点以我从未想到过的方式不断靠近。

"我想起来这个时候我对最终将会发生的事情开始有种强烈的好奇心，虽然有点病态，但是如果不这么想就很奇怪。

"这段时间里，物体还在不断腐烂。剩下来为数不多的几片玻璃早就没了，时不时地会有一声轻轻的砰的一声，一小撮扬起的灰尘，告诉我它们曾经是掉落的灰泥或者石头。

"我再次抬头，看向在头顶上的天空震颤的火光，远远地落向了南部的天空。当我看的时候，我有种感觉，它失去了最初的炫彩光芒——火光越来越暗，颜色越来越深。

"我又向下看了白茫茫的世界。有时,我会看看隐藏在太阳后面的闷燃的火光。有时,我会向后看去,在黄昏中寂静的房间,地上铺着如地毯般厚厚的灰尘……

"在流逝的时光中,我在不断地看着,陷入了沉思,身心疲惫。"

第十七章
循环放缓

"毫无疑问,我发现已经过了一百万年了,照亮世界的火光不断变暗。

"又经过了一个巨大的空间,整片火焰褪成了深铜色。渐渐地,又加深到红铜色,深紫色,里面有片奇特的血光。

"尽管光线在减弱,我发现太阳的速度却没有变慢,仍旧以其惊人的速度运转着。

"我看到世界蒙上了一层可怕的黑暗之色,确实犹如世界末日来临。

"毫无疑问,太阳在逐渐消失,地球穿越空间仍在时光中向前旋转。我记得这个时候我感到特别的疑惑。我的脑海中交替出现着零散的现代理论中的奇特的混沌,以及旧约中有关世界末日的故事。

"之后我脑海中第一次闪现了一段记忆,太阳以及太阳系的所有星球一直都以惊人的速度穿过太空。突然,我想到了一个问题——在哪里?对于这个问题,我思考了良久,最终发现自己探究这个问题毫无意义,我就思考其他东西了。我越发地想知道这间房子还能支撑多久。我还在扪心自问,我在接下来的黑暗中是不是注定就要这般孤魂野鬼似的待在地球上。我再次估计太阳穿越太空的方向,又过去了很长时间。

"渐渐地,时光流逝,我开始感受到冬天刺骨的寒冷。我记得太阳在不断消逝,天气一定会更加寒冷。慢慢的,慢慢的,当时光变为永恒,地球陷入了更为深沉,颜色更红的昏暗之境。天空中昏暗的火光颜色变深变浑浊了。

"最终,我发现了一个变化。原本深沉燃烧的火光,悬在头顶上摇晃，随后下落到南部的天空，现在火光开始变淡减弱，我看到太阳光在南北间来回颤动，眼花缭乱，犹如撩拨竖琴，琴弦颤颤。

"慢慢地，纸片般的火光消失了，我只看到太阳光在缓慢地跳动。不过，它摆动的速度依旧惊人地快。火光在不断地变暗。在此之下，世界或隐或现——成了一片模糊不清、鬼魅般的地方。

"在头顶上，火焰之河越转越慢，到最后，火光以巨大的节拍从南到北跳动，维持了数秒。经过了一大段空间距离，现在每一次的跳动都差不多要用一分钟。这样过了一段时间后，我看不出它有明显的移动。如流水般的火光不断涌向闷热的火焰之河，穿越了死气沉沉的天空。

"不知过了多久，火光好像越来越模糊，越来越弱。我发觉黑色的光线会时不时地露出来。现在，当我看的时候，内在平整的流动停止了。我注意到世界在时不时地变暗，直到夜幕突然降临在令人疲惫的地球上。

"白天和黑夜越来越长，最终，都只维持了几秒钟，太阳又再次像一个看不见的红铜色球体，笼罩在运转时扬起的微亮薄雾中。现在能明显地看到一半的太阳，由黑色的带子笼罩，和黑色的线条遥相呼应，时不时地显露出它的移动痕迹。

"年复一年地过去了，白天和黑夜变长到了几分钟。太阳的踪迹看不见了，现在日升日落——完全是一个巨大的、闪闪发光的红棕色球体，有一部分环绕着血红色的带子，另一部分则是暗红色的带子，我之前提到过。这些红色和黑色的圆环厚度不一。有那么一段时间，我不知道如何解释它们的存在。我突然想到太阳不可能完全均等地冷却下来，而这些痕迹很可能是因为表面温度不同造成的。红色代表那部分依旧炽热，黑色代表那些部分已经冷却了。

"我感到很奇怪，太阳在轮廓清晰的圆环上可以均等地冷却下来。我想起来了，可能是太阳旋转的速度留下来的带子状线条使得太阳表面分隔开来。太阳也比我以前熟知的样子大了不少，我觉得离太阳更近了。

"在晚上，月亮[1]仍旧显得渺小遥远，反射出的光芒昏暗，看起来比过去微小幽暗的月亮大不了多少。

---

[1] 关于月亮没有再另外提及了。根据这里所述内容，很明显月球到地球的距离增加了。之后，我们很有可能不再注意到月球了。我不得不哀叹一句，这个时候没有光亮。

"日夜在逐渐地变长,接近一个小时。太阳升起降落好像一个巨大的红棕色圆盘,穿过墨黑色的线条。这次,我发现自己又能清晰地看到花园。现在世界静止下来了。但是我说'花园'还不够准确,因为没有花园了——我知道的、以前能看到的东西都不见了。我看到一大片平原向远处伸展。在我左手边,有一片低矮的山丘。整片的白雪盖满了小山。

"直到现在我才意识到雪下得有多大。在我右边,有座绵延波浪形的山丘,积了厚厚的雪,地上也积了雪。奇怪的是,我刚才提到过我左边的低矮山丘还没有完全被白雪覆盖,还能看到几处光秃秃的黑色土地。到处都有种死寂般的荒凉感,世界在不断衰亡,周遭一成不变的寂静。

"白天和黑夜在明显加长。从黎明到黄昏,每天好像都有两个多小时了。到了晚上,我惊奇地发现,头顶上的星星虽然还发出闪耀的光芒,但是数量很少了,我想这和奇特的黑夜有关。

"在北边,我看到了雾蒙蒙的一片,看起来有点像银河。我立刻想到,这可能是遥远的星群,可能是我知道的恒星宇宙,现在永远地离开了。一小片雾蒙蒙的星星处在了遥远的太空中。

"白天和黑夜仍在慢慢地变长。每一次,太阳升起都比落下时更加沉闷拖沓。黑夜的范围在不断扩大。

"这个时候,发生了一桩事。太阳、地球和天空突然变黑了,被遮住了一段时间。因为看不见东西,我有种强烈的感觉,地球上在下着大雪。突然,遮住万物的屏障消失了,我又一次向外看去。我看到了一片宏伟的景象,这间房子还有花园所处的位置都蒙上了雪花[1]。窗台边上也有雪。到处都铺满了雪,反射出落日,沉闷的红铜色光线。从地平线开始,世界成了一片没有日影的平原。

"我抬头看向太阳,太阳发出暗淡的光芒。我通过一种模糊不清的媒介看到了太阳,正如别人曾经看到的太阳那样。天空明显变得黑暗,近得吓人,深不可测,给人一种完全的陌生感。我重新审视了一番,觉得震惊、恐惧。太阳离得这么近。如果我是个孩子的话,我可能会表达

---

[1] 很明显,空气凝结了。

出这种感受、不安，会说出'天空的屋顶没有了'这种话。

"后来，我转身，凝视着房间。房间里到处都笼罩在白色之下。借着周遭昏暗的光线，我可以模模糊糊地看到雪。雪花好像紧贴在破败的墙上，地板上铺满了积了多年的厚灰，到膝盖那么厚，现在根本看不见了。雪肯定是从开着的窗户吹进来的。但是，雪没有到处飘，平滑地铺满了这个旧房间。另外，这几千年来也没有风。但是我说过[1]，这里却有雪。

"整个地球一片寂静，十分寒冷，从来没有人体会到这种冷。

"在白天，地球被一种沉闷的光线照亮了，我形容不出这种光。仿佛我是通过古铜色的海洋看到了巨大的平原。

"很明显，地球的旋转速度在不断变慢。

"突然终点到来了。最长的夜晚到来了，我对夜晚已经厌倦了，所以当不断衰竭的太阳显露出来时，我对它热烈欢迎。太阳慢慢升起到水平面上二十度左右，接着就突然停下来了，在奇怪的倒退之后，就悬着不动了，如同在天空中的盾牌[2]——只有太阳靠近赤道圆形的边缘才有光亮。

"渐渐地，连这束光也淡化了，那个曾经巨大耀眼的太阳，现在只剩下一个大圆盘，周围一圈红铜色的光。"

---

1 见之前的脚注。这可以解释房间里为什么会下雪。
2 我很疑惑，此处以及后文这位隐士都没有再详细提及太阳从一个至点到另一个至点进行向南向北的移动（很明显是这样）。

第十八章
绿色星球

"世界笼罩在沉闷的阴暗之下——寒冷,让人难以忍受。外面很安静——非常安静!从我身后黑暗的房间传来了一阵物体掉下来的软塌塌的声音[1]——那是烂掉的石头碎片。时间过去了,黑夜占据了整个世界,周边笼罩着密不透风的黑暗。

"我们知道没有夜空。即使那些稀疏的星星最终也消失了。我在的房间可能有百叶窗,没有一丝光线。只有在对面无法触及的阴郁之中,才有那些燃烧着的火光。除此之外,在我周围巨大的夜空中没有一丝光线,除此之外,在遥远的北边,还有柔和、雾蒙蒙的光线闪烁着。

"岁月在默默地流淌着。我不知道过了多久。似乎时间悄无声息地来来去去。我只能偶尔看到太阳边缘的光线,现在光线不再来回飘逸了——一会儿照亮了世界,一会儿又变暗不见了。

"在这段时光中,突然有一道火光划破了夜晚——一道光立即照亮了死寂般的地球,我看到了周遭的荒凉。光好像是从太阳的中心斜着发出的。我惊呆了一会儿。跳跃的火光沉下去了,地球又恢复了昏暗。不过现在没那么暗了,有条亮白色的细光环绕着太阳。我凝视着。太阳上是不是有火山爆发了?不过,脑子里刚蹦出这个想法我就否决掉了。我发觉如果是这样的话,这片光太白太大了。

"我又有一个想法。这光不就是内部的行星坠落到太阳发出的闪光

---

[1] 这个时候,充满声音的大气要不就已经减弱,或者——很有可能——不存在了。鉴于这点,按照我们所理解的感觉,这种声音应该是听不到的。

嘛。这种推测对我来说更可信，也更能满意地解释突然照亮死寂般世界的光亮，为何如此强大耀眼。

"我心情激动，透过黑暗，极富兴趣地凝视划破夜晚的白色火光。我能确信一件事，那就是太阳还在高速[1]旋转着。因此我知道岁月仍以难以估量的速度飞逝着，虽然就地球而言，生命、光和时间是属于遥远的曾经。

"一瞬火光之后，光只是一圈明亮的火焰了。但是当我在看的时候，光渐渐变为红色，之后变为深红棕色，就如太阳之前的颜色变化。现在，颜色加深了。过了一段时间，颜色开始起伏变化，一会儿变亮又立马变暗。这样，过了好长时间，光消失了。

"在这之前，太阳燃烧的边缘变得漆黑。这样，在将来，世界、黑暗和强烈的寂静会绕着庞大的死寂般的太阳轮番上阵。

"现在我的思绪难以名状。最初，我急着厘清混乱的头绪。但是后来，随着时光逝去，我的灵魂似乎也被地球上压迫性的孤寂、凄凉给掌控了。

"有了这种感觉，我就明白了，我意识到世界可能永远在无尽的黑夜里徘徊，心一下子凉了。这个消极的想法让我充满了孤寂之感，想到这儿，我像孩子般哭了起来。不过，一会儿这个念头渐渐消失了，心中莫名有了希望。我耐心地等待着。

"时不时的，房间后面有物体掉落的声音沉闷地传入我的耳中。我听到了一声响亮的撞击声，本能地转过身，忘记在密不透风的黑暗之中看不到任何东西。过了一会儿，我看到了天空，无意识地转向北边。没错，朦胧的光线还在。看得出颜色更白了。我盯着看了很长一段时间，一个人孤零零地，发觉这柔和的光线在某种程度上把过去连接起来了。奇特的是，我从这光线中还能感受到舒适。早知如此，我就在适当的时机出现了。

"我看了很长一段时间，丝毫没有睡意，在以前的话早就困了。我多么希望能够一觉睡去，度过这段迷惑的时间啊。

"有几次，大块的石头掉下来，突兀的声音扰乱我的沉思。我好像

---

[1] 我只能估计，现在地球运转一年的时间已经和太阳旋转的速度不成比例了。

能听到身后房间的窃窃私语。不过，想看看东西的话完全是徒劳。在这样的黑暗中什么都看不见。我能感觉到，有种感官的冲击，好像有个软软的、冰冰凉的死物紧贴着我。

"在这之下，我心中油然生起了强大的不安感，陷入了思索，内心不太舒服。我想我一定要摆脱这种状态，现在希望自己能转移注意力。我转向窗子，抬头看向北方，寻找朦胧的白色亮光，我相信还在之前我们离开的、远方那片雾蒙蒙的宇宙。当我抬起眼睛时，我吓了一跳，现在模糊的光线汇聚成了一个巨大的鲜绿色星球。

"当我惊呆时，一个念头闪过脑海：地球应该在朝着这个星球运转，我猜它就在不远处。另外，这个宇宙不是之前地球所处的那个宇宙，这个星球很可能是属于某个巨大星群的边远星球，藏在巨大的宇宙之下。我看着它，想知道这个新鲜东西到底是什么，惊奇之余充满了无限的好奇心。

"在天坑般的黑暗中，当我专注地盯着那个光点时我的脑中充满了模糊的思绪。希望不断燃起，驱散了压迫在心中的绝望。无论地球转向哪儿，最起码它是不断转向有光的地方。一个人只有置身于毫无声息的夜晚才会体验到没有声音带来的恐惧。

"这个星球不断地进入我的视线中，直到发出过去木星那样耀眼的光芒。它的体积不断变大，颜色更加鲜艳，让我想到了一块巨大的祖母绿宝石，发出闪烁的火光穿过世界。

"岁月悄悄地流走了，绿色的星球变为了天空中的一点火光。过了一会儿，我看到一件惊奇的事，那是一个鬼魅般的轮廓，是一个巨大的月牙。在这夜空中，一个巨大的新月似乎从周遭的黑暗中生长出来了。我完全懵住了，盯着看。似乎我相当近，我想知道地球怎么会离月亮这么近，我以前从来没看到过。

"星球发出的光芒越来越亮，现在我发现虽然这光还模糊不清，但是还是可以再看见地球的。我试着想要辨认世界的表面，但是发现光还不够。过了一会儿，我放弃了，又瞥向那个星球。就在我转移注意力的那一小段时间，那个星球又膨大了，差不多有四分之一个月亮那么大，让我吃了一惊。它发出的光线非常强烈，但是颜色极其陌生，我看到的这个世界看上去不真实，非常像一片幻影。

"这个时候，大月牙越来越亮，开始发出明显的绿光。这个星球的体积、亮光在不断增加，一直扩大到半个月亮那么大。同时，它发出了更多的光，绿色的光线越来越深。在这交杂的光辉之下，我渐渐地能看见面前的荒野之地了。不久，我似乎能看穿整个世界了，在这奇怪的光线之下，显得非常寒冷、可怕、凄凉。

"过了一会儿，我又专注到绿色的星球，发现它从北边跳出移向东边。最初，我怀疑眼前看到的，但是其实千真万确。它慢慢地沉下，同时发出绿光的大月牙开始不断变小，最终在这青灰色的天空下变成了一道弧光。之后它在最初出现的地方消失了。

"这时候，这个星球大概在离隐去的水平面三十度不到的地方。它的体积可以和满月匹敌，不过我不确定它是不是圆盘形的。我发现它离得还很远，我知道它的体积一定很大，大到人类无法理解、无法想象的程度。

"当我看的时候，一道黑色的直线划向星球，它的下半边缘消失了。过去一分钟，抑或是一百年，星球不见了一半。在这辽阔的平原远处，我看到一大片阴影遮住了它，不断吞噬它。现在只看得到三分之一的球体了。刹那间，我看到了这个奇怪的溶解现象。在庞大的、死寂般的太阳之后，这个星球在不断下沉。确切地讲，太阳始终保持着自身的吸引力，朝着[1]它升起、而地球紧随其后。我脑子冒出这些想法时，绿星消失了，完全藏在了大太阳之后。徘徊不去的夜晚再次降临。

"黑暗之下，我感到寂寞、恐惧，难以忍受。我第一次想到天坑和里面的怪物。之后，记忆里又蹦出更可怕的事，我想知道那些盘踞在睡海岸边的东西，那些潜伏在老房子阴影下的东西，它们在哪儿？这些痛苦的事吓得我打颤。我感到害怕，断断续续、胡乱地祈祷，向着驱散笼罩世界的黑暗的光束祈祷。

"我说不上我等了多久——肯定等了很长一段时间。突然，我看到头顶发出了一道朦胧的光。渐渐地，光线越来越清晰。霎时，一道鲜绿色的光划破了这片黑暗。同时，我在远方看到一小簇火光。瞬间，它变

---

[1] 仔细审阅后，编者认为太阳要么是在巨大的偏心度下在轨道上运转，要么在较小的轨道上接近绿行星。这时，我认为它最后是由于大行星的引力作用直接脱离倾斜的轨道的。

为了一大团火焰，在这之下，世界沐浴在一大片翠绿色的光芒之中。渐渐地，它越来越大，直到我能看见整个绿星。不过现在都不能称其为一颗行星了，因为它的体积如此之大，远远超过了太阳曾经的体积。

"当我凝视时，我意识到我能看到死寂般的太阳的边缘，像一个巨大的月牙发出光芒。发亮的表面逐渐地在我面前拓宽，直到我能看到半个太阳，绿星在我右边飘走。时间过去了，地球在慢慢地穿过太阳巨大的表面移动[1]。

"渐渐地，当地球向前移动时，绿星越发地向右移动了，最后，它在房子背后发出虚弱的光线，穿过微薄的墙面。向上看，发现大部分的天花板消失了，再上面的楼层腐烂得更加厉害。屋顶完全不见了，我可以看到绿色的星光斜着向外发散。"

---

1 需要注意的是，无法解释"地球在慢慢地穿过太阳巨大的表面移动"，我们推测出要么时间变慢了，要么就是根据目前的标准来看，地球的确是以缓慢的速度在轨道上运行。仔细审读手稿后我发现时间的速度确实是减慢了很多。

第十九章
太阳系的终结

"在曾经是窗户的邻边上,我可以看到太阳比那时绿星第一次照亮世界时大了不少,通过那窗户我第一次看到了黄昏,意义非凡。太阳太大了,它底下的部分都能够到水平面了。当我看的时候,我发现太阳又在逼近了。绿色的光芒照亮了寒冷的地球,光线越来越亮。

"很长一段时间事物没有变化。突然,我看到太阳变形了,越来越小,如同月亮曾经缩小的过程。过了一会儿,只有三分之一发光的部分转向地球。绿星拐向了左边。

"渐渐地,当世界在不断运转时,绿星再次照在了屋子前面,而太阳露出的部分只能算一小弧绿火。刹那间,太阳消失了。我依旧能看到全部的绿星。接着地球进入了太阳的阴影之下,完全黑了——夜晚,黑暗,没有一颗星星,让人受不了。

"脑子里一团糟,我就一直看着夜晚,等待着。可能过去很多年了,在我之后的黑暗里,凝结般寂静的世界被打破了。我好像听到了很多轻微的脚步声,含糊不清的低语传入了耳中。在黑暗中环顾四周,看到了无数双眼睛,盯着看时,眼睛变多了,好像在向我靠近。瞬间,我定住了。黑夜里传来了可怕的猪叫声[1]。听到这儿,我从窗边跳起走向了严寒的世界。我迷惑地跑了一会儿,之后我只是在等待——等待。我听到了几次尖叫声,但好像是从远处传来的。除了这些声音,我不知道房子所处的方位。时间在不断推进。除了发冷,无助、害怕,我毫无意识。

---

[1] 见第十八章第一个注释。

"似乎过了一段时间,有了一丝光亮。亮度逐渐增加。绿星发出的第一道光芒,朦胧诡异,照向太阳黑暗的边缘,照亮了世界。光照在了巨大的破败建筑物上,大约有两百码远。是那幢房子。我看到了恐怖的景象——很多可怕的东西爬上了墙,从摇摇欲坠的塔楼到地基,差不多占满了整幢老房子。我清楚地看到,那些正是猪怪。

"世界转进了绿星的光线中,我看到它好像占据了四分之一片天空。青灰色的光线十分辽阔,好像用颤动的火焰填满了天空。接着,我看到了太阳,它离得太近了,都在水平面下。当世界绕着它转时,太阳好像直升到空中,一个巨大的球体,发生了翠绿色的火光。我时不时地望向房子,不过猪怪好像没有注意到我在附近。

"时间在缓缓地流逝。地球差不多到太阳中心了。绿太阳发出的光——现在得这么称它了——穿透了烂墙的缝隙,看上去好像包裹在了绿火之中。猪怪还在墙上攀爬着。

"突然传来了一阵响亮的猪叫,从没有屋顶的房子射出了一道血红色的火焰。我看到矮小、扭曲的塔楼一下子就烧起来了,在火中缠结。绿太阳的光芒直射在房子上,和血红色的光芒交织在一起,看上去像一个火炉子,发出红色和绿色的火光。

"我痴迷地看着,直到感受到一股势不可挡的危险感,我才回过神来。抬头瞥了一眼,突然意识到太阳离得更近了,近得好像就在上方。不知怎的,我一下子被抬得很高,如同一个气泡在可怕的光线中飘浮着。

"我远远地看到下方的地球,房子烧着了,陷入了一片火海之中,周围的地面好像也在发光,到处可见厚重的黄色烟圈从地上升起。从那个着火的地方开始,整个世界好像都被点燃了一样。我依稀看到了猪怪,它们似乎毫发无损。地面好像突然坍塌了,房子和那群怪物在地底下消失了,带动了一阵血红色的烟雾发散到高空中。我记得房子下面那个炼狱般的天坑。

"我环顾四周,太阳在我头顶上高高升起。太阳和地球的距离越来越小了。突然,地球猛地向前冲。一下子就穿过了和太阳之间的距离。我听不到任何声音,不过从太阳表面喷出了一团耀眼的火光,似乎跳到了远处的绿星,穿越了翠绿色的光芒,发出一大片炫目的火光。地球升到了巅峰，然后沉下去了，一大片刺眼的白光照在了太阳上——这正是地球的坟墓。

"现在太阳离我很近。发现自己升得越来越高，在一片空旷之境中飘浮着。绿太阳现在巨大无比，好像把头顶上的整片天空都占满了。向下看发现太阳就在我脚下经过。

"大约过了一年——抑或是一个世纪——我就这样一个人悬在空中。黑色的太阳远远地就在前面，抵在巨大的绿星发出的灼热光辉之下。靠近一边的地方，我看到冒出了血红色的光，正好表明了地球坠落的地方。这种状态一直保持到太阳的运转速度虽已变慢，却还在转动中。

"在远处，靠右边的地方，时不时地能看到模糊的白光。我不确定要不要把这事记下来好好思考下。我一直盯着看，十分好奇。最终，我知道了这不是幻景，而是事实。光线越来越亮，现在从绿光中脱离出来了，这样淡绿色的星球中夹带了柔和的白光。光线越来越近，我看到它被一片微亮的云朵包围了。时间过去了……

"我瞥向不断变小的太阳。在绿色太阳上它只是一个黑点了。我看的时候，它越来越小，虽然它还在急速地冲向绿星。我凝视着，想道，会发生什么呢？当我意识到它会撞向绿太阳时，我变得多愁善感了。它现在和一颗豌豆一样大了，我专注地看到，见证太阳系的终结——在过去的许多年里，它承载着这个世界，承载着数不清的悲欢离合，而现在——

"刚才我还在专注地看到，现在有件事突然闯入了我的视野。我没有看到死寂般的太阳到底发生了什么。鉴于我后来看到的事，我完全可以相信太阳跌入了绿太阳的火焰中消亡了。

"突然我脑子里冒出了一个奇怪的问题，这个绿色的大火球可能不是那个原本太阳系中心巨大的太阳——原先那个宇宙和其他星球共同绕着运转的太阳。我感到很迷惑，想到太阳可能的结局，我又想到了一个问题——消亡的星星是不是把绿太阳当成了它们的坟墓了？这个想法与其说荒诞，倒不如说非常有可能。"

第二十章
天体

"一下子,我的脑子乱了套,各种思绪纷杂,我只能茫然地干瞪着,疑惑、纳闷,沉浸在悲伤的回忆之中。

"后来,我缓过神来了,疑惑地环顾四周。这段时间里,我看不到一点光,确定自己陷入了想象之中。在一片绿光之下,冒出了无数的球体,发着柔和的微光——每个球体都包裹在奇妙、纯白的云朵之中。它们从我头上飘往了未知的远方,遮住了绿太阳的光芒,用柔和的光线取代了绿光,周身弥漫着这种光,从未见过这样。

"我发现这些球体有点透明,好像是云朵组成的晶体,里面散发着柔和的光芒。它们不断从我身边经过,慢慢地向前飘动,好像在它们前面有无尽的时光。我看了一会儿,看不到它们的终点。偶尔,我在云朵中能辨认出一些脸庞,但是它们太模糊了,似乎有些是真实的,有些只是云雾,半虚半实。

"我消极地等待着,越发地满足。我不再觉得寂寞无比,发觉与其说自己孤寂,倒不如说,自己度过了无数的劫难。我感到越来越满足,希望永远陪伴着这些球体一起飘浮。

"时间过去了,我极其频繁地看到模糊的脸,越来越清楚。我说不上来这是否因为我的内心在不断适应周围的环境,也许就是这样。不过,我现在很肯定,非常清楚有一个新的秘境,我已经探入了这边境,有着某些意想不到的地方,微妙、无形。

"一大批发光的球体继续在我身边经过,依旧那个速度,仍然没有终点,数量也没有减少。

"当我在天空中飘浮时，突然感到有股不可抗拒的推力向前推着经过的球体。一下子我就被甩到了旁边。接着，我轻而易举地滑到了里面。我什么都看不见，只有好奇地等待着。

"突然，我发现一个声音打破了寂静，好像是大海在平静时发出的低响，感觉像大海在睡着时发出的呼吸声。渐渐地，挡住视线的薄雾开始消散，我又能看到睡海寂静的海面了。

"我凝视着，不敢相信自己看到的一切。环顾四周，发现和我之前看到的一样，在朦胧的海平面不远处，飘浮着一个巨大的浅色火球。在左边，远远穿过海面的地方，我发现有条暗淡的线条，带着点薄雾。我猜是岸边，在过去还在地球上时，那些心灵徘徊的日子里，那里正是我和爱人相遇的地方。

"我想起了一段愁苦的回忆，关于盘踞在睡海上方无形的东西，那是这片寂静、无声之地的守护人。我记得所有的细节，很肯定自己看到的是和之前相同的那片海。确定之后，我感到非常惊讶、开心，震惊之余又无比期待，觉得我还是有可能再次看到我的爱人。我专注地环顾四周，但是看不到她。我感到很无助。我一边虔诚地祈祷，一边焦急地瞥向四周……大海竟然如此地平静。

"在我下方，远远地看到变幻的火光留下了痕迹，从前我曾经被这些火光吸引过。我似乎不知道是什么造成了这些火光，我还记得我问过爱人这个问题，还有其他事儿——在我心里的事大半儿都没吐露出来，我就被迫离开她了。

"我的思绪一下子回到了现实。发现有什么东西在摸我，马上转过身。天呐，你太棒了——是她！她渴望地看着我的眼睛，我全身心地注视着她。我想要搂着她，但是她的脸庞纯洁靓丽，使我不得不敬而远之。在弥漫开的薄雾中，她向我伸出了亲切的手臂，在我耳边低语，好像云朵飘过时发出的细软的声音。'我最亲爱的！'她说的就这些，但我听到了，马上搂住了她——就像我祈祷的那样——一直搂着。

"她说了很多，我就这样听着。我多么希望可以一直这样下去。我时不时地和她说上几句，气息扑到她虚幻的脸庞，再一次浮起了一种微妙的光彩，那是恋爱时的容光焕发。我更加从容、坦率地和她说话，她对听到的每个字都快乐地作答，我感觉自己身处天堂般地快乐。

"只有寂静、辽阔的天空能见证我们的存在,只有安静的睡海能听到我们的声音。

"那些云团包裹着的球体,刚才还在飘浮着,现在早就消失得无影无踪了。我们看到平静的睡海,只有我们俩。天呐,之后可能只有我一个人,但我不会孤独。我拥有她,更重要的是,她也拥有我。啊,我虽然早已老去,但想到这些事儿,就希望在我们之后的岁月里我还能活下去。"

第二十一章
黑暗的太阳

"我不知道我们这样心灵交融、快乐地拥抱了多久,我猛地一下子从幸福中醒来,感到原来照亮睡海的那片浅白、柔和的光芒在不断变暗。我转向那个巨大的白球,有种预感,麻烦要来了。球的一边在向里弯曲,好像有个凸起的黑影掠过去了。我回想起来,在我们最后一次分离之前黑夜已经降临了。我转向爱人,用探寻的目光看着她。我发现在那么短的时间里她变得如此苍白、虚幻,我心疼得不行。她的声音好像是从远方传入耳中。她的手摸上去就像夏风拂面,轻柔无比,几乎感觉不到。

"大半个球体都已经被遮住了。绝望袭上身来。她是要离开我了吗?她是不是会像之前那样离开我?我焦急地问她,十分害怕,她走近我,声音奇怪、遥远,向我解释,在黑暗的太阳——她是这么叫的——遮住光线之前,她必须得离开我。这些正是我害怕的,感到无比地绝望,只能哑然看着平静的海面。

"黑暗很快就席卷了白球的表面。实际上,这段时间是很长的,常人根本无法想象。

"最后,只有一小片暗淡的火光照着昏暗的睡海。这段时间里,她一直抓着我,不过十分轻柔,几乎感觉不到。我们在那儿一起等着,两个人都十分悲伤,一句话也没说。在越发昏暗的光线下,她的脸显得模糊不清,和周围暗淡的雾气融合在了一起。

"当一道弯曲、细长的光线照亮海面时,她松开了手,把我轻轻地推开,声音在我耳边响起,'亲爱的,我再也不能来了。'说着就哭了出来。

"她好像从我身边飘走了,变得看不见了。她的声音穿透了影子向远方微弱地传过来——

"'一会儿——'声音远远地消失了。一下子睡海变暗了,到晚上了。在我左边,突然我远远地看到升起了柔和的亮光。一下子又消失了,发现自己不在睡海上面了,又一次悬在了辽阔的天空中,和绿太阳待在了一起。现在太阳被我面前巨大的黑球遮住了。

"我盯着看,感到彻头彻尾地迷惑了,根本没留意到绿色的火环在黑暗的边缘上跳跃。我的思绪混乱,对其奇怪的形状吃了一惊。脑子里冒出了无数个问题。越是面对眼前看到的一切,我越发地想她了,脑子里充满了悲痛和对未来的思索。我是不是注定得一直和她分离?虽然她早就已经永远地离开了我,从那时起,我只有在睡海中才能见到她,但是她也曾经是我的人,尽管时光很短暂。

"我的心里充满了强烈的怨恨,不住地悲痛地发问。为什么我不能和她一起走?是什么把我俩拆散了?为什么我得一个人独自等待,而她却得一直在睡海的底下沉睡下去?睡海!我的思绪一下子就偏离了痛苦的心境,转向了绝望的发问。在哪儿?睡海在哪儿?我好像刚刚才在平静的海面上和我的爱人分开,现在却完全消失了。应该就在不远处!还有我之前看到的,藏在黑太阳阴影后面的白球!我的目光落在了遮住的绿太阳上。是什么遮住了它?是不是有一个巨大的死星环绕着它?还是我之前认出的太阳是一个双重星球?我不由自主地想到了这点,不过这也并非不无可能。

"我的思绪又回到了白球。我停了下来,突然冒出了一个想法,不过这样的话就太奇怪了。白球和绿太阳!白球是不是就是绿太阳?我又回过去想了想,想起来之前格外吸引我的发光球体。我竟然会一下子忘了它,太奇特了。其他的球体在哪儿呢?我又想了想之前进入那个球体,过了一会儿,事态变得明朗起来了。我想,进入我之前经过的、模糊的云球,我马上就步入了一个更加遥远、看不见的维度。在那儿,绿太阳还是看得见的,只不过是一个发出浅白色的巨大球体,好像展现的是它的鬼魂,而不是它本身的物质实体。

"很长一段时间我都在仔细思考这个问题。我想起来我一走进那个球体就马上什么都看不见了。之后，我就在不断地回想所有的细节。

"过了一会儿，我又想到了其他事，回到了现状，开始审视自己。我第一次发现无数道淡紫色的光线从四面八方穿透了这片奇异的、半明半暗之境。它们从绿太阳炽热的边缘向外发散，好像在我眼前不断变多，一下子就多得数不清了。夜空里布满了这种光线，从绿太阳向外发散，像扇子那样展开。我想正是因为太阳的光辉被遮住了我才能看到这些。它们进入太空中消失了。

"渐渐地，当我看的时候，意识到耀眼的光点穿越了那些光线。许多光点从绿太阳穿过前往了远方。其他的光点从天空中发出穿向了绿太阳，不过每个光点在穿行中都紧跟光线。穿行的速度极快，只有当它们靠近绿太阳或是离开时，我才能辨认出那一个个光点。从远处的绿太阳那儿，它们变成了一道道细长的火光，蕴含在紫光之中。

"发现了这些光线、移动的火光之后，我对它们产生了极大的兴趣。它们的数量多得数不清，会通往何处呢？我想到了太空中的世界……这些火花！它们是信使！这个想法可能有点天马行空，但我没想到会是这样。信使！来自原先那个太阳的信使！

"脑子里不断冒出这个想法。绿太阳是不是某个远方神灵的住所？我对这个想法感到疑惑。模模糊糊地看到了一些叫不上名字的玫瑰花。我是不是进入了永恒之境？我呆呆地回味这个想法，太惊奇了。不过……

"我萌生了些宏大、不确定的想法。突然一下子感觉自己赤身露体。一种极致的迫近感袭上了心头。

"天呐，那是幻影吗？

"我的思绪起伏不定。睡海——和她！天呐……思绪一下子回到了当下。在我身后某块空地，一具巨大、黑色的物体在那儿横冲直撞——体积庞大，一声不吭。那是一颗死星，直冲向埋葬星星们的地方。它从我和太阳中间穿过去，遮住了它们，让我陷入了密不透风的黑夜。

"过了一会儿，我又看到了紫色的光芒。之后——应该是过了许多年——头顶的天空冒出了环形的光芒，看到了星星不断隐去的边缘，显得黯淡无光。我知道了，它在靠近中心的太阳。现在，看到了绿太阳的亮环，在黑夜下显得清晰无比。星星进入了死去的太阳的阴影之下。之后，我就等待着。岁月缓慢地流淌，而我则在凝神注视。

"我一直期待的事最终还是到来了。一道耀眼的白光穿透了黑夜。不知过了多久，光线向外发散，迸发出了一朵巨大的蘑菇云。接着它不再膨胀。随着时间的过去，它开始慢慢地向后塌陷。我现在看到它原来是从黑暗的太阳中间一个巨大的发光点冒出来的。从这里面依旧有巨大的火焰向外窜出。和黑暗的太阳庞大的体积比起来，虽然这个发光点很大，但是作为星星的坟墓也只不过像一颗处在海洋表面的木星那样渺小。

"我再说一句，两颗中心太阳的体积巨大无比，根本难以想象。"

第二十二章

黑暗星云

"岁月和过去融为一体,几百年过去了。亮闪闪的星星褪为了张扬的红色。

"后来我才看到了黑暗的星云——最初,只是一团模模糊糊的云朵,处在我的右边。渐渐地,它越来越大,结成了黑夜中的一个黑块。不知自己看了多久,因为我们估算的时间早就过去了。黑块越靠越近,成了一大片没有形状的黑暗,巨大无比。它好像在慢慢地从黑夜中溜走,真是一片鬼魅般的云雾。慢慢地,它越滑越近,穿到了空中去,处在了我和中心太阳的中间,如同拉开了一方窗帘。我浑身一阵战栗,还有一股子新奇感。

"几百万年来,绿色的微光到处照耀着,如今密不透风的黑暗笼罩了一切。我一动不动地审视自己,似乎时不时会有暗红色的光线从我身边穿过。

"我认真地注视着,现在看到在云雾般的黑暗里有一大团暗红色的圆块,似乎要从昏暗的星云中长出来。过了一会儿,在我适应的光线下,越发地清楚。现在,我可以清晰明了地看到它们了,带点红色的球体,大小和我之前看到的发光球几乎一样。

"它们接连地飘过。渐渐地,我感到莫名的不自在。对这些经过的球体感到反感、厌恶,有增无减,更多的是出于本能的意识,而不是有任何原因。

"有些飘过的球体比其他的亮,就是透过其中某一个球体我突然看到了一张脸。有着人脸的轮廓,不过却饱受痛苦,我看呆了。我觉得这种痛苦不是我表面看到的那样。我想还有另外一些苦楚，因为我发觉这些瞪圆的眼睛都是瞎的。我看了一会儿，接着它就飘进了周围的黑暗之中。之后我看到了其他的脸，看起来都是瞎的，有种绝望的悲伤。

"过了一段时间，发现自己现在离地球最近了。这时，我的内心越发地不安，虽然看到那些悲痛的可怜人之后，我已经没这么害怕那些奇怪的球体了，更多的是同情而不是恐惧。

"确定无疑的是之后我被带着靠近了红球，现在我身处其中飘浮着。过了一会儿，我发现有个球在不断逼近我，没法逃出它的移动路线。一下子，它好像就在我上方，将我浸没在深红色的薄雾中。红雾散去，我迷茫地盯着，目光穿透了那广阔的寂静平原。它正如我初见的那样。我不断穿越表面向前移动。头顶上，一个巨大的血红色圆环[1]照亮了大地。周遭到处弥漫着荒凉的寂静感，这在我之前四处徘徊时就深刻感受到了。

"现在，我看到向下凹陷的圆形山脉，它们遥远的山峰正在红色的浓雾中不断升起，在那儿，许多年前，我第一次看到了潜藏在底下的东西，非常恐怖。在那儿，这座神秘的房子处在辽阔、寂静之境中，几千个缄默的神像在注视着这栋房子，而我看着它被大火吞噬。之后地球撞向了太阳，永远地消失了。

"虽然我能看到山峰，但若要看到山腰还得再等一段时间。这很可能因为奇特的红雾紧贴着平原的表面。不过，我最终还是看到了。

"之后很长一段时间，我离山更近了，好像山就悬在头顶上。现在我看到大裂谷在我面前敞开着，我完全被动地飘了进去。

"后来，我来到了广阔的平地上。五英里之外屹立着这间房子，显得宏大、安静——就处在巨大竞技场的正中央。在我看来，它一点儿都没变，感觉我昨天才见过它。周围，阴森、黝黑的群山高耸入云，险象环生。

"在我右边，远远地，在那遥不可及的山峰上，巨大的兽神若隐若现。在更高的地方，看到了可怕的母夜叉在我上方，几千英寻处，红雾在不断升起，到了左边，认出了丑陋的灰色无眼怪，扑朔迷离。在更远

---

1 毫无疑问，这是从另外一个维度看到的死去的中心太阳发光的边缘。

处,高山斜向的位置,在黑山中出现了乌青色的鬼怪,露出一小块邪恶的颜色。

"慢慢地,我穿过竞技场飘浮着出来了。期间,我模模糊糊地辨认出在这些高山上居住的其他鬼怪,隐隐地显现。

"我逐渐地靠近了房子,思绪立马回到了多年以前,记得房子里可怕的幻象。过了一小会儿,看到自己直接飘进了寂静的房子。

"靠近那座奇怪的房子时我害怕了,这时,我意识到有种不断强烈的麻木冷漠占据了我,驱散了恐惧,我平静地看着它,房子犹如一个人在吞云吐雾时感悟的愁苦,模糊不清。

"在这么短的时间里,我离房子非常近了,能看到房子里许多细枝末节的地方。根据我多年前的印象,我越看越肯定,那座房子和这座奇怪的房子完全相像,除了这座房子巨大的外形之外,几乎一样。

"看着看着,突然惊呆了,我来到了一个地方,正对着书房的外门。穿过门槛的地方,有一大段压顶石堆在墙头上面,这和我之前为了对抗猪怪搬上去的石头一模一样,除了大小、颜色有异。

"我飘得越近,就越发地震惊,发现门从铰链处就有些撞破了,确切地说是猪怪用力把书房的门向里撞开了。这引发了我一连串的思考,大致地推测了下,房子遭受的攻击蕴含着更深层的意义,这是我无法想象的。记得多年以前还在地球上时,我曾经有点怀疑,我住的这间房子,和那个巨大平原中央的大房子协调一致——在这我用大家都清楚的词语——真是令人费解。

"不过现在我知道,我推测的是真的。我开始极其清楚地认识到,我之前对抗的攻击和这个奇怪的大屋子遭受的攻击有关,听上去有点异乎寻常。

"我的思绪断断续续地,一下子就从这件事跳到了房子奇特的建材上。我之前提过,房子的颜色是墨绿色的。因为我离得很近,所以发觉它会偶尔变颜色,虽然不太明显——好像在黑夜里把磷搓在手里,发出时明时暗的火光。

"现在,我的注意力转向了大门。我在那儿第一次感到害怕,一下子巨大的门向后甩去,我无助地飘进去了。里面一片漆黑。突然,我穿过了门槛,大门无声地合上了,把我关在了那黑暗的世界里。

"我好像在黑暗中这样悬着,静止了一会儿。接着,发现自己又能动了,不知前往何处。突然,在我下方,远远地,听到了猪怪低沉不断的笑声,声音渐渐消失了。之后周遭充满了恐怖的沉默。

"在我头顶某个地方,有扇门打开了,一道白光透过门照了进来。我缓缓地飘进了一个房间,好像特别熟悉。突然传来了令人迷惑的尖叫声,震耳欲聋。我看到一连串模糊的景象在我面前闪现。很长一段时间,我都神志不清。之后,我的视力恢复了。我能够清晰地看东西了,模糊、眩晕的感觉没有了。"

第二十三章

佩珀

"我又回到了旧书房，坐在椅子里。环顾四周，有种奇怪、不真实的感觉，让我打颤。之后，这种感觉没有了，发现书房里没有任何变化，看向最后一扇窗——百叶窗还是拉起的。

"我摇摇晃晃地站起来。这时注意到门那边有轻微的响动。瞥了一眼，以为门只是轻轻地合上了。仔细看时，才发现自己弄错了——门似乎死死地关上了。

"做了一连串的努力，我走向了窗户，看了出去。太阳正在升起，照亮了荒草丛生的花园。我这样站着看了大概一分钟。我扶了下额头，感到很疑惑。

"现在我脑子里乱乱的，突然想到了一件事。我马上转过身，叫了佩珀，毫无反应。我跟跄地穿过房间，突然感到一阵恐惧，试着想要喊出佩珀的名字，但是嘴唇却僵住了。我走到桌边，朝它蹲下，心里顿了一下。它躺在桌子下面，从窗边没法看清楚。我蹲下来屏住了气。佩珀不在了，我靠近的是一堆细长灰色的尘土。

"我这样半蹲着蹲了几分钟，茫然不知所措——惊呆了。佩珀真的早已离开，融入一片阴影之中了。"

第二十四章

花园里的足音

"佩珀死了！就算是现在，有时我还是不能接受这个事实。我穿越时间、空间经历了一连串奇怪、可怕的事儿，距今已经过去几个礼拜了。有时，我还会梦到，从头到尾想象着这件可怕的事。醒来时，我老是想着，那个太阳——不，是那些太阳，真的是未知的宇宙绕其旋转的中心太阳吗？有谁知道呢？还有一直在绿太阳光芒下飘浮的亮球！以及支撑他们飘浮的睡海！这些都太难以置信了。就算我目睹了这些奇特的事，如果不是佩珀的离去，我可能会认为这只不过是一场梦。那儿有可怕的黑色的星球（周围有许多红色的球体），总是在黑太阳的影子下移动，一直包裹在黑暗中，沿着巨大的轨道扫过去。还有那些窥视我的脸！天呐，这些真的存在吗？……在我书房的地板上还有一小堆灰。我永远都不会去触碰。

"有时，当我冷静下来时，我想知道是什么组成了太阳系外部的行星。我想到，这些行星脱离了太阳的吸引力，在太空中旋转。当然这只是我的推测。我想知道的事太多了。

"既然我已经在写了，我就把我觉得确定无疑的事儿记录下来。那就是将会有恐怖的事发生。昨晚，发生了一件事，给我带来的恐惧远胜过天坑。我现在记录下来，如果再发生什么的话，我会立马写下来。我感觉昨晚发生的事还没结束。就算现在我把这件事写下来，我都会打颤、不安。不知怎的，我觉得死亡近在咫尺。我不是害怕死亡，死亡是明摆着的事，每个人都会经历。不过，是空气中的某个东西让我害怕，我昨晚感受到了这种无形的、冷冰冰的恐惧。事情是这样的：

昨晚，我坐在书房里写作。通向花园的门半开着。时不时地，会轻微地传来狗链条发出的清脆咔哒声。佩珀死后我买了条狗，这是它发出的声音。我不会让它进屋子——它无法取代佩珀的地位。不过，我觉得房子周围还是有条狗比较好。

"我全身心地投入了写作，时间过得很快。突然，我听到花园外的小路上传来了轻柔的声音——啪，啪，啪，声音鬼鬼祟祟的，很奇特。我一下子笔直地坐着，通过开着的门向外看去。声音又响起了——啪，啪，啪。好像在不断靠近。我感到了一丝不安，直盯着花园看，不过一切都隐藏在了黑夜中。

"接着狗发出了一阵长嚎，吓了我一跳。我凝神盯着，看了大概一分钟，但是什么也听不到。过了一会儿，我拾起之前放下的笔继续写作。不安的感觉消失了，我想我听到的声音不过就是狗在狗窝附近走动，不会超过链条限制的范围。

"大概过了十五分钟，突然狗又号叫了，声音十分凄惨，惊得我跳了起来，一下子扔掉了钢笔，墨水弄脏了我刚写的那一页。

"'该死的狗！'发现自己的反应，我嘀咕道。当我说的时候，奇怪的声音又响起了——啪，啪，啪。离得非常近，我猜就要到门边了。我现在知道了，这声音不可能是那只狗的，链条没法让它走这么远。

"狗又号叫了，我下意识地发现，声音里有一丝恐惧。

"在窗台外，我看到了姐姐的宠物猫蒂普。我看到它霍地一下跳起来，尾巴明显地竖起来了。它站着的时候，好像在死死地盯着门边的某个东西。接着，它迅速地沿着窗台向后退去，直到推到了墙角，无路可退。蒂普僵直地站着，好像吓得呆若木鸡。

"我感到既恐惧又迷惑，从墙角拾起一根棍子，手上拿着一根蜡烛，悄悄地走向门。几步就走到了门边，突然，不知怎地，全身感到一阵恐惧——十分真切，让我心颤。恐惧感十分强烈，我不再浪费时间，立即后退——一边向后走，一边害怕地盯着门。我猛冲到门边，拴上门栓，我修复过门栓，还加固过了，现在非常牢固。我和蒂普一样无意识地向后退，直到抵到了墙角边。我吃了一惊，十分不安地环顾四周。同时，我时不时地盯着枪架，走了过去。不过我停了下来，有种奇特的想法，觉得没必要用枪。狗在屋外的花园里发出奇怪的呜咽声。

"突然,猫发出了一阵刺耳的尖叫。我猛地朝那边看去——我看到在蒂普周围有个发光的、鬼魅般的东西,这东西变成了一只发光、透明的手,周遭闪烁着亮闪闪的绿火。猫发出了最后一声可怕的尖叫,我看到它冒烟了,烧了起来。我抵在墙上倒抽了一口气。窗子那边一团奇异的绿影散开了。虽然火光能模糊地透过绿影照过来,我还是看不清。一阵焚烧后的臭气在房间中弥漫开了。

"啪,啪,啪——某个东西走过了花园里的小路,透过开着的门,一股淡淡的霉味传了进来,夹杂着焚烧的气味。

"狗安静了一会儿。现在,我听到它在激烈地惨叫,好像很痛苦。接着,除了偶尔传来几声低沉的呜咽声,充满了恐惧,它还是安静下来了。

"过了一分钟,花园西侧的那扇门隐约关上了。之后一片寂静,连狗的哀叫都没了。

"我应该在那儿站了几分钟了。身上一丁点儿勇气都没有了,害怕地冲向门边,拴好了门。之后,整整半个小时里,我就无助地坐着——向前盯着,一动不动。

"慢慢地,我又恢复了生气,颤颤巍巍地上床睡觉了。

"就是这些了。"

第二十五章
藏匿竞技场的猪怪

"这天一早,我在花园里寻找蛛丝马迹,但是发现一切如旧。我检查了靠近门的那段路,寻找脚印,但是还是什么都没有,真不知昨晚自己是不是在做梦。

"只有当我想到那只狗时,我才发现有确凿的迹象表明昨晚确有其事。我走到狗窝时,它一直待在里面,蜷缩在一个角落里,我还得把它哄出来。最后,它同意出来了,不过却很胆怯、蹑手蹑脚地,十分奇怪。我拍拍它,注意到它左腹有块绿斑。我检查了一番,发觉毛和皮肤明显烧掉了,里面的肉裸露着,烧焦了。这块斑的形状很奇特,让我想到了一个大爪子或是大手留下的印迹。

"我站了起来,陷入了沉思。我看向了书房的窗子。下部的角落有一块冒烟的斑,朝阳的光线照射在里面,使它由绿转红,又由红变绿,不断交替,十分奇特。哦!无疑,这又是另一个迹象,突然我脑海里冒出来了昨晚看到的可怕的东西。我又看向了狗。现在,我知道它身上难看的伤口从何而来了,我还知道昨晚确实发生了我看到的事。我浑身感到不舒服。佩珀!蒂普!现在又是这可怜的家伙!……我又瞥了过去,发现它在自己舔伤口。

"'可怜的家伙!'我嘀咕着,弯下腰拍拍它的脑袋。这时它站了起来,伤感地舔着我的手。

"晚饭后,我又去看它了。它好像很安静,不肯离开窝。从姐姐那儿,我得知它一天什么都不肯吃。她和我说的时候,有点疑惑,不过毫不怀疑有任何可怕的事。

"这天过得风平浪静。喝过茶后,我又去看了狗。它几乎有点闷闷不乐、焦躁不安,不过依旧待在窝里。晚上锁门之前,我把它的窝从墙边移出来了。这样我今晚就能透过小窗户看到它了。我想到晚上把它搬到房间里来,不过考虑之下还是决定让它留在外面。不得不说,房子比花园还要可怕。佩珀那时就在房子里,不过……

"现在是凌晨两点。从晚上八点开始,我就透过书房的小窗一直盯着狗窝看。不过,什么也没有发生。我太累了,看不下去了,我要睡觉了……

"这是个不眠之夜。对我而言有些反常,不过快到早晨时,我睡了几个小时。

"我很早就起床了,吃过早饭后我去看了狗儿。它很安静,但是有点阴郁,不肯离开窝。我希望附近有个兽医来看看这可怜的家伙。它一整天都没有进食,不过似乎非常口渴——急切地把水都舔光了。看到这我就放心了。

"到晚上了,我在书房里。打算继续昨晚的计划,观察狗窝。通向花园的门牢牢地拴住了。窗户上有窗条,我很开心。

"晚上,午夜到来了。到目前为止,狗都很安静。透过左侧的窗户,我模模糊糊地看到狗窝的轮廓。狗第一次动了,我听到了链条的咔哒声,马上朝外看。这时,狗又动了,焦躁不安,我看到狗窝里面发出一小道光斑。光线消失了,接着狗又动了,光线再一次亮起。我感到迷惑。狗安静了,我清楚地看到了发光的东西,十分清晰。外形有些熟悉。我思考了一会儿,想到这东西像手的四根手指和大拇指。像一只手!我记起了狗身上那块可怕的伤口的轮廓。应该就是我看到的伤口的外形。为什么它在晚上会发光呢?时间过去了。我脑海里充满了这桩新奇的事……

"突然,我在花园外听到声响,浑身一颤。声音在不断靠近。啪,啪,啪。我全身上下一激灵,头皮发麻。狗在窝里走动,发出恐惧的呜咽声。它应该转过身了,因为现在我再也看不到那块发光的伤口了。

"外面花园很安静,我再次惊恐地听着。过了一分钟,我又听到了啪啪声。离得很近,好像正从石子路上走来。声音很有节奏,不慌不忙的,很奇特。在门外声音没了,我一下子跳了起来,一动不动。门外传来了一声轻响——门闩正在慢慢地拉起。我耳朵嗡嗡作响，感到头顶有种压迫感——

"门闩轻脆地落进了门把手。这声音吓了我一跳，这声音在我紧张的神经上又震颤了一把。之后，周围越来越安静，我站了一会儿。突然，我的膝盖开始打颤，我立马坐下了。

"不知过了多久，我逐渐开始摆脱刚才笼罩于身的恐惧感。不过，我还是坐着。我好像不能动了。很奇怪，我特别累，困得要打瞌睡了。眼睛一张一合，现在，我发现自己一会儿睡着，一会儿醒来。

"过了一段时间之后，我在睡梦中发觉一根蜡烛马上要熄灭了。再次醒来时，蜡烛已经灭了，剩下的一支，在火光下，房间有点昏暗。这个半黑半暗的房间让我有点不安。我已经不再害怕了，唯一想要的就是睡觉——睡觉。

"虽然毫无声响，我突然醒了——完全醒了。我强烈地意识到某个神秘的东西就在附近，让人觉得有种压迫感。空气中似乎都弥漫着恐惧。我蜷缩地坐着，凝神听着，还是没有声音。大自然好像死去了。一阵怪异的风声打破了这股压抑的寂静，在房子周围一扫而过，远远地停息了。

"我环顾了这间昏暗的房间。远处的角落挂着一个大钟，那儿有个高大的黑影。一下子我惊恐地盯着。接着，发现什么都没有，才暂时松了口气。

"接下来，脑子里闪现了一个想法，为什么不离开这间神秘、可怕的房子？我的眼前浮现了那片奇妙的睡海好像在回答这个问题——在那儿我和她分别多年，饱尝痛苦后得以重逢，我知道无论发生何事我都应该待在那儿。

"通过侧窗，我看到了昏暗的夜色。我转移了视线，环顾了整间房间，看着一个又一个昏暗的东西。突然，我转过身，看向右边的窗户。这时，我呼吸急促，向前弯下身子，惊恐地盯着窗外的某个东西，十分靠近窗条。我看到了一张巨大的猪脸，模糊不清，猪脸上变幻着绿光，十分耀眼。是竞技场来的东西。颤动的猪嘴好像滴着一连串发荧光的口水。眼睛直直地盯着房间，表情难以捉摸。我僵直地坐着——呆住了。

"猪怪开始移动了，慢慢地转向我这边。它的脸对着我，在看我。

两只巨大、恐怖的人眼透过昏暗的夜色看着我。我吓得发冷,就算是现在,我还是清楚地意识到,遥远的星星被大脸遮住了,虽然和这件事没有关联。

"我感到一阵新的恐惧。我完全被动地从椅子上站起来了。我走着,有个东西推动着我走向通往花园的门。我想要停下,但是做不到。一直有股力量对抗着我的意志,我慢慢地向前走,心里不情愿,十分抵触。我飞快地环顾了房间,十分无助,停在了窗边。巨大的猪脸不见了,我又听到那隐秘的啪啪声。声音停在了门外,就是那扇我被迫走向的门……

"接下来,周遭有一阵短暂的沉默,气氛紧张。然后传来了声响。那是门闩发出的咔哒声,正在慢慢地提起。这时,我内心充满了绝望。我不会再向前迈进一步。我竭尽力量想要回去,但是感觉自己好像抵在了一堵无形的墙上,动弹不得。我大声地咆哮,因为害怕而感到痛苦,我的声音充满了恐惧。咔哒声又响起了,我浑身发抖,出了冷汗。我试着——噢,去打斗、抗争,想要阻挡这股推力,但是没用……

"我站在门边,机械地看着自己的手向前打开最上面的门闩。我这样做完全毫无意识。当我靠近门闩时,门在剧烈地摇晃,我感受到有点发霉的气体,让人恶心,好像是通过门的缝隙吹进来的。我慢慢地拉开门闩,但同时自己在无声地对抗。咔哒一声门闩从凹槽里出来了,我开始痛苦地打颤。还有两个门闩,一个在门的底部,另一个比较大,在门的当中。

"我双手在两边牵拉着,这样站了大概一分钟。促使我打开门闩的力量好像没有了。突然,脚边传来了一阵铁器的咔哒声。我马上往下看,发现自己的脚正在把下边的门闩推开,感到难以言表的恐惧,一阵可怕的无助感向我袭来。门闩脱离了门把手,发出了轻微的嗡嗡声,我摇摇晃晃地抓住中间巨大的门闩,支撑自己。过了一分钟,但是时间长得好像无穷无尽,又过了一分钟——天呐,帮帮我——

"在那儿我躺了几个小时。醒来时发现剩下的那根蜡烛也灭了,整个房间一片黑暗。我站不起来,因为我很冷,还在抽筋。不过脑子是清楚的,那股邪恶的力量没有了。

"我小心地摸索寻找中间的门闩。我找到了,把它牢牢地推回凹槽,还有底下的那个门闩。现在,我可以站起来了,把最上面的门闩拴好。之后,我又跪下了,在家具当中匍匐,爬向楼梯。其间,窗边没有东西看着我。

"我到了对门,离开书房时,我越过肩膀,朝窗边不安地瞥了一眼。好像在夜色中捕摸到某个模糊的身影,不过可能只是幻觉。之后,我就从走廊走上了楼梯。

"到了卧室,我没有脱衣服,吃力地爬上床,拉过被子盖在身上。过了一会儿,我开始重获了一点信心。虽然睡不着,但幸亏有被子,让我身体暖和了些。现在,我反复思索昨晚发生的事,但是发现就算我睡不着,想要连贯地思考也是徒劳。脑子一片空白,太奇怪了。

"接近早晨的时候,我开始不安地翻来覆去。我睡不着,过了一会儿,我起床了,走在地板上。寒冷的黎明透过窗户悄然进入,旧房间让我觉得不自在。太奇怪了,这么多年来,我从来不会觉得这个地方差劲。之后又过了一段时间。

"楼下的某个地方传来了声响。我走到卧室的门边,听着。是玛丽,她在旧厨房里忙碌地准备早餐。我不饿,提不起兴趣。不过,我的思绪继而转向了她。房子里发生的怪事好像一点都没惊扰到她。除了天坑里面的怪物袭击屋子那件事,她似乎一点儿也没发觉发生了怪事。她和我一样老,不过我们不太关心对方。因为我们没有共同点,还是因为我们老了,更加在乎独处的安静,而不是相处时的热闹?这一桩桩事在我脑海里浮现,当我沉思的时候,让我从昨晚那些压抑的事儿分散了注意力。

"之后,我走到窗边,打开窗子看了出去。太阳已经高高升起,虽然有点冷,但是空气新鲜清甜。我的脑子逐渐清醒了,现在感到一种安全感。人也更快乐,走下楼梯来到花园里,看了看狗。

"当我靠近狗笼时,我闻到了昨晚门边的那股子霉味,一模一样。摆脱了这种短暂的恐惧,我叫了叫狗,但是它没回应,我又叫了一次,把一块石头扔进狗窝。这次,它艰难地动了动,我又喊了它的名字,但它没有再靠近一步。现在,我的姐姐出来了和我一起试着把它从狗窝里哄出来。

"过了一会儿,可怜的家伙站起来了,跟跄着爬出来,很奇怪。在白天，它会左右摇晃，呆呆地眨眼。我注意到那个可怕的伤口变得更大了，表面好像还长了一层白毛。姐姐走过去安抚它，不过我阻止了她，跟她解释我觉得今后几天最好远离它，很难说它到底出了什么问题，还是小心为妙。

"一分钟后，她离开了，回来时拿了一盆剩饭过来。她放在靠近狗的地方，我从灌木丛中搭了一根树枝把盆推到它够得到的地方。不过，虽然这肉很诱人，但它却理都没理，回到了狗窝。食盆里还有水，说了会儿话后，我们回到屋子里去了。我看得出来，姐姐对狗身上发生的事感到很疑惑。不过就算是把事实旁敲侧击地告诉她，也十分疯狂。

"白天风平浪静地过去了，夜晚到来了。我决定继续昨晚的实验。我不敢说这是明智之举，但是我已经下定决心。当然，我做好了预防措施。在三个门闩后面我都加了牢固的钉子，加固门以防从书房打开通向花园。这样起码能防止昨晚我制造的危险再次发生。

"我从晚上十点到凌晨两点半左右一直看着，什么都没发生。最后，我跌跌撞撞地爬上床，很快睡着了。"

第二十六章
发光点

"我突然醒了。天还黑着。我辗转反侧想要睡着,但是睡不着。头有点痛,我感到忽冷忽热的。过了一会儿,我放弃了睡觉的念头,伸出手找火柴。我想点支蜡烛看会儿书,这样我可能一会儿就睡着了。我摸索了一会儿,摸到了火柴盒。但是当我打开盒子时,我吓了一跳,看到黑暗中有一小撮萤火在闪烁。我伸出另一只手去摸,发现在我的手腕上。我感到有点担心,马上划了根火柴来看,但是除了一点儿擦伤,什么都看不到。

"'幻觉罢了!'我嘀咕道,稍微松了口气。火柴烧到了手指,我一把扔了。当我摸黑找另一根火柴时,萤火又亮了。现在我知道这不是幻觉。这次,我点亮蜡烛,更加仔细地检查了伤口。伤口周围有些绿色的污点。我感到疑惑,有些担忧。我想到一件事,记得猪怪出现后那个早晨,狗舔了我的手。应该就是那时抓伤了,虽然到现在我还是没有意识到这一点。我感到非常害怕。脑海里渐渐冒出了这一幕——狗的伤口在晚上会发光。感到有些神志不清,我坐在了床边,想要好好思考一下,但是做不到。我被这个新的恐惧吓呆了。

"时间在不知不觉中过去了。我振作起来,想要告诉自己弄错了,但是没用。我心里知道这事铁定无疑。

"我一连几个小时坐在黑暗中,一片寂静,无助地发抖……

"白天过去了,又到了晚上。

"这天一早,我开枪打死了狗,埋在了灌木丛中。姐姐吓坏了,而我很绝望。再说,还是这样比较好。狗身上的伤口几乎扩散到了左半边身体。而我手腕上的伤口也明显变大了。好几次都发现自己在小声祈祷，含糊地说着孩提时代学到的祷告词。上帝啊，伟大的上帝啊，帮帮我吧！我要疯了。

"六天来我滴水未进。现在是晚上，我坐在椅子上。唉，天呐！现在，我遇到了来自生命的恐惧，我想知道，有人曾经感受过这种恐惧吗？我沉浸在惊慌之中，感到可怕的伤口在不断扩大，有种灼烧感。伤口覆盖了我整条右臂还有右边的身子，马上要蔓延到我的脖子了。明天，伤口会吞噬我的脸。我就成了一摊腐烂的活物，十分可怕。没有法子能避免这一切。不过，我想到一件事，看了一眼房间另一边的枪架。我十分古怪地又看了一眼，脑子里形成了一个想法。上帝啊，你知道，你一定知道，就算死也比现在这样活着好，好上一千倍。现在这般！主啊，原谅我，我活不下去了，不能，我不能！我不敢苟活！我已经无药可救——什么都没有剩下。反正，我最后一点儿恐慌也会被剥夺……

"我想我一定打瞌睡了。人很虚弱。噢，非常痛苦难受，很累，很累。纸片的沙沙声刺入脑中。听力好像变得异常灵敏。我坐了一会儿，思考着……

"嘘！我听到下面——下面的地下室有声响。嘎吱嘎吱的声音。天呐，那是把那个巨大的橡木陷阱打开的声音。是什么在这么做？铅笔的刮擦声刺得我耳朵要聋了……我一定得听着……楼梯上有脚步声，奇怪的啪啪声，在往上走，越来越近……老天，可怜可怜我这个老人吧。有个东西在转动门把手。天呐，帮帮我吧！上帝——门慢慢地打开了。有东——"

就这些了[1]。

---

[1] 根据这些未说完的话，可以从手稿上看到一些黯淡的墨水印迹，表明钢笔曾掉落在纸上，很可能是作者因恐惧、虚弱而把笔扔掉的。

第二十七章
尾声

我放下手稿，看向托尼森，他坐着，盯着黑夜看。我等了一分钟，开口说："如何？"

他慢慢地转过身，看着我。他的思绪好像飘到了远方。

"他疯了吗？"我问道，点点头示意那份手稿。

托尼森心不在焉地盯着我看，看了一会儿。之后，他回过神来了，他马上听懂了我的问题。

"没有！"他回道。

我张开嘴想要反驳，不过理智告诉我，不要把这个故事当真。我把手稿又合上了，什么也没说。不知怎的，托尼森坚定的语气让我增加了一丝疑惑。虽然我目前还没有十足的把握，突然有些不太肯定自己的想法了。

沉默一阵后，托尼森僵直地站起来，开始脱衣服。他好像不想说话，我学他那样，什么也没说。我累了，不过脑子里还重复着刚才看的故事。

不知怎的，钻进毯子时，我脑海里浮现了旧花园，正如我们看到的那样。我记得看到那块地方，我们心里就冒出了奇怪的恐惧感，我越发确定托尼森说的是对的。

我们起床时已经很晚了，将近中午了。昨晚大部分时间我们都在看手稿。

托尼森今天脾气不好，我也心情不佳。天气有些阴沉，感觉有些寒冷。我们两人谁也没提出去钓鱼的事。吃了饭，之后就坐着抽烟，陷入了沉默。

现在，托尼森问我要手稿，我递给了他。他几乎一下午都坐在那里一个人看手稿。

就在他专心阅读时，我进出了一个想法。

"你为什么说还要再看——"我头向下指了指。

"没什么！"托尼森抬头生硬地回道。不知怎的，我听到他这样说一点儿也不恼火，反倒松了口气。

之后，我让他独自待着。

快到傍晚时，他好奇地看着我。

"对不起，老兄，刚才我对你无礼了（好一个刚才！他已经三个小时没有开口说话了）。不过，我再也不会去那里了，"他点头示意着，"不管你给我多大的好处都不干。呸！"他放下那卷手稿，那里面记载着一个人的恐惧、希望和绝望。

第二天清晨，我们起了个大早，又像往常那样游泳，我们已经摆脱了一部分昨天低落的情绪。吃完早饭后，我们拿起鱼竿钓了一整天的鱼，这是我们最爱的运动。

之后，我们充分享受了假期，不过两个人都期待司机能早点来，急切地想要向他打听，通过他向小村庄的人了解，有没有人能告诉我们关于那个奇怪的花园的信息，那个花园远远地坐落在这个陌生村庄的正中心。

我们期盼着能见到司机，最终这天终于来了。他来得很早，到的时候我们还在被窝里。一睁眼就看到他在帐篷口，问我们玩得开心吗。我们肯定地告诉了他。之后我们几乎同时问了他压在心头的问题——他知不知道一个旧花园，一个大天坑，还有一个在河下方几英里处的一个湖？有没有听说过在那附近有座大房子？

不，他不知道，也从未听过这些，不过，等等，他从前听过一个传闻，关于荒郊野外一座孤零零的旧房子。但是，如果他没记错的话，那是传说中出现的地方。要么，如果不是那样的的话，他肯定房子有"古怪"。不过他很长一段时间里都没有听闻过那座房子——从他还是个小伙子起就没听闻过。不，他不记得关于那座房子的任何事了。实际上，当我们问他时，他说他"完完全全"不记得任何事。

"听我说,"托尼森说道,发现他能告诉我们的就这些,"我们穿衣服时你到村子里走走,看看能不能发现些什么。"

他中规中矩地敬了个礼,就跑去打听了。我们马上穿好衣服,开始准备早餐。

我们刚坐下时,他就回来了。

"先生,这群懒鬼们还睡着。"他说着又敬礼了,会意地看着摊在食品箱上的东西,我们把箱子当做桌子用。

"哦,好吧,来,坐,"朋友说道,"和我们一起吃点吧。"司机立马坐下了。

吃完早餐,托尼森又让他去打探了,我们坐着抽烟。他去了四十五分钟左右,回来时显然发现了一些事儿。他和村子里一位老先生攀谈了会儿,这位老人虽然知道得并不多,但很可能比其他任何人都更加了解这间古怪的房子。

老人是在他"年轻"时听说这间房子的,天知道到底是多久之前。在花园中央有座大房子,现在只剩一点儿废墟了。在老人出生之前,这间房子就已经空关了很多年。村民特意地回避这个地方,而他们的先祖早就已经这么做了。关于这间房子有很多传说,全都是和魔鬼有关。不管是在白天还是黑夜,从来没有人走近过这间屋子。在村里,这栋房子等同于所有邪恶、可怕的东西。

一天,有个陌生男子骑马穿过村子,拐进了通向"那幢房子"的河流,村民们都这么叫的。几个小时后,他从原路返回,前往阿德兰。之后的三个多月了无音讯。那个月月底时,他又出现了,不过这次有个老妇人和他一起来,带着好多匹驴子,驮着各种各样的东西。他们经过村子时没有停留,直接骑下河岸前往"那幢房子"。

他们付给那个男人钱,男人每个月从阿德兰带过去生活用品。从那时起,没有人看到过他们俩中的另一个,他也从来不想与人交谈,活儿虽然辛苦,但是报酬丰厚。

几年过去了,村子里风平浪静,这个男人还是会定期每月过来。

有一天,他和往常一样过来送货。他经过村子没和任何人打招呼,就直接前往"那幢房子"。他通常在傍晚就会回来。不过这次,他几个小时就回来了,极其激动,带来了一个让人大吃一惊的消息,那幢房子完完全全地消失了,现在房子原来屹立的地方裂开了,成为一个大天坑。

这个消息一下子就激起了村民的好奇心,他们克服了内心的恐惧,一起去了那个地方。在那儿他们发现了一切,和送货人说的一样。

我们听到的就是这些了。我们无法得知手稿的作者是何人,从何而来。

如他所愿,他的身份永远埋葬在地下。

这天,我们离开了克莱顿,这个荒凉的村庄。之后就再也没有去过。

有时我会梦见那个巨大的天坑,周围被参天大树、灌木丛包围着。梦中水流向上涌动的声音,和其他低沉的声音交织着,不过所有的一切都一直笼罩在雾气之中。

哀叹 [1]

满腔炽热的欲望，未曾想过这整个世界

会毁于上帝之手

世界会发出动荡的悲痛，如同悲伤迸发的痛苦

来自那痛苦的内心，无法愈合

每一次呜咽的呼吸都是一次哭喊，我的心弦拨动着痛苦的丧鸣

脑海里只有一件事

除了在饱含痛苦的记忆里，终其一生

我都不再与你见面，而你早已不在

整晚我都在搜寻，像个傻瓜一样向你哭喊

可你没有；辽阔的夜晚

成了一个巨大的教堂，群星化为了丧钟，向我敲着

到底谁是最寂寞的！

在我葡萄的岸边，可能有种充满欲望的惬意等待着我

来自古老的海洋那颗永恒的心；

不！从肃穆的深处，从神秘之渊发来远处的声音

似乎是在质问我们为什么分离！

无论我去哪儿，我都是独自一人；曾经有个人有了我就是有了整个世界

我的心又发出了剧烈的痛楚

生命发出凄冽的呼喊，在那儿，所有的一切皆化为空虚，

一切都已不复存在！

---

1 我发现的这些诗是用铅笔写在一大张上，粘在手稿的扉页后面。诗似乎是先于手稿完成。